AF448949

Federico Toro

Io all'improvviso

#readingwithlove

ISBN 9791280555205

(Seconda edizione)

Editing
Susanna Barbaglia
Antonella Tomaselli
Production
Gabriele Bertoli

Grafica di copertina: Giuseppe Veroni
Immagine: Aleshyn_Andrei/Shutterstock

© 2022 #readingwithlove

Seguici su Facebook (readingwithlove.official) e
Instagram (readingwithlove_official) e su
www.readingwithlove.it

1

Sistemai il cuscino sulla poltrona di vimini e cercai di assumere una posa più elegante accavallando le gambe. Ma notai subito che l'azzardata postura metteva in risalto il mio polpaccio grosso. Meglio evitare.

Ero seduta ormai da più di un'ora con lo sguardo rivolto verso il basso, quando ebbi la sensazione di essere osservata. Alzai la testa: un bambino biondo e riccioluto con il viso sporco di cioccolato mi fissava incuriosito.

Gli sorrisi ma scappò prima che potessi chiedergli il suo nome. Strano, una scena simile mi sembrava già di averla vista.

Emisi un lungo sospiro, chinai di nuovo il capo, ma all'improvviso una voce familiare mi scosse dal mio stato catatonico.

«Cosa fai qui tutta sola, non ti stai divertendo?».

«Scusami Paola, oggi non è la mia giornata. La festa è bellissima e Alessandro è adorabile. Si sente già un ometto con i suoi dieci anni».

«Dimmi la verità Betta, stai ancora pensando a quel tipo?».

«Cosa ti viene in mente? È una storia finita, anzi, mi chiedo solo se sia mai iniziata».

«Brava. Sono le parole che volevo ascoltare da tempo. Ora, vieni di là. Ho fatto preparare per Alessandro una torta gigantesca, e devi esserci anche tu, altrimenti, se non ti vede, tuo nipote non spegnerà le candeline».

«D'accordo, arrivo subito».

La guardai allontanarsi, indossava una semplice camicia bianca con dei ricami floreali e un paio di jeans a vita bassa, ma su quelle forme arrotondate qualsiasi straccetto si sarebbe trasformato in un capo di alta sartoria.

Ho sempre desiderato somigliare a mia cugina. Vorrei essere la sua copia. E se esistesse la possibilità di scambiarci, almeno per una volta, afferrerei al volo l'offerta. Perfetta, senza alcuna macchia.

Bella e brava in tutto. A scuola i suoi temi facevano il giro tra i professori, era la migliore allieva dell'istituto, ma non la classica secchiona. Non si esibiva in classe né sfoggiava le sue doti intellettive per attirare su di sé sguardi di approvazione. Anzi, aiutava i suoi compagni in difficoltà, soprattutto durante le versioni di latino, rischiando spesso richiami severi da parte dell'insegnante. Grazie alla sua brillante intelligenza conciliava lo studio e le sue innumerevoli passioni tra le quali la pallavolo, sport in cui eccelleva. E tuttora è un'abile nuotatrice.

Ammirata e corteggiata. Poteva vantare una collezione esorbitante di cuori infranti da far invidia ai più famosi musei internazionali. Impossibile, poi, tener conto dei suoi inviti alle feste. Così numerosi che a volte mi chiedevo se quei compleanni fossero davvero reali o inventati soltanto per organizzare le occasioni d'incontrare Paola, sperando di essere tra i fortunati a poter cingere la sua sinuosa vita e ballare, nella penombra, uno dei tanti lenti della serata.

Naturalmente aveva avuto la capacità di scegliere il meglio: suo marito.

Importante manager di un'azienda che opera nel settore alimentare. Bello e aitante e di due anni più giovane. Anche lui sembra l'uomo perfetto, in arrivo da chissà quale pianeta misterioso e sconosciuto. Sposati da dodici anni, Giulio è ancora mio oggetto di studio antropologico.

Sono alla ricerca, ormai vana, di qualsiasi insignificante, irrilevante difetto che possa confermarmi che appartenga a questo mondo. Forse, un giorno scoprirò una sua unghia del piede incarnita, un neo gigantesco o una cicatrice orripilante su una delle sue gambe muscolose e virili, ma in verità non vi ripongo grandi speranze. Da Giulio, Paola ha avuto due bambini meravigliosi e intelligenti e, neanche a dirlo, ciliegina sulla torta, un posto invidiabile nella stessa azienda.

La classica famiglia felice di uno spot televisivo. E anche se casa loro non ha davanti una ruota spinta dal flusso di un fiume, è comunque una deliziosa villetta a due piani con un giardino ricco di giochi tra scivoli, altalene e dondoli che, per il compleanno di Alessandro, sembrava essersi trasformato in un affollato luna park. Provo un affetto sconfinato per Paola.

È una cugina splendida, strabiliante.

Entrambe figlie uniche, siamo cresciute come sorelle. Mi ha sempre protetto e coccolato. Io sono più piccola di lei e, nonostante i miei trentotto anni, credo che rimarrò la sua cuginetta da accudire e da preservare da qualsiasi problema. Dispensatrice di saggi e preziosi consigli, mi sostenne quando vennero a mancare i miei genitori, undici anni fa. A distanza di pochi mesi l'uno dall'altra, un male subdolo e vigliacco me li aveva portati via distruggendo quell'amore profondo che li teneva uniti. In tanti anni di matrimonio non li avevo mai visti litigare e da bambina mi chiedevo quale fosse la loro formula magica per evitare discussioni e conflitti.

Ricordo la tenera risposta di mia madre: «Tesoro mio, siamo compagni di viaggio di questa splendida avventura e non credo che esista alcuna formula magica. Ci siamo scelti promettendoci di superare qualsiasi ostacolo sempre insieme e di risolvere i problemi discutendone, senza litigare e senza alzare i toni».

Detto così sembrava semplicissimo, ma non credo fosse altrettanto facile metterlo in pratica, eppure loro due avevano questa straordinaria e rarissima capacità.

Dunque, quel fulmine improvviso con la sua irruenza mi aveva lasciato dentro un vuoto immenso. Mi ero ritrovata, così, sola in quella casa acquistata con enormi sacrifici dai miei. Nei primi tempi, i ricordi mi soffocavano, mi stringevano il cuore, nulla aveva più ragione di esistere senza di loro e, se non avessi avuto il conforto e le dimostrazioni di affetto di Paola, avrei di sicuro rischiato una grave depressione.

È impossibile dimenticare tutto ciò che mia cugina ha fatto per me.

Al liceo, essendo la più brava, Paola mi aiutava con i compiti, ed era lei a difendermi dai ragazzi a scuola quando venivo derisa a causa del mio corpo non proprio longilineo.

Tutti a chiedersi come la natura avesse potuto creare due cugine, una con un fisico sodo, prosperoso e i chili posizionati nei punti giusti e l'altra, invece, con i chili... e basta. Domanda alla quale non seppi mai dare una risposta. L'opinione più accreditabile per i maligni era da imputare a dosi massicce di omogeneizzati e pappine ingurgitate a qualsiasi ora.

Provavo a proteggermi dai continui insulti e dalle pressanti umiliazioni sfoderando le mie abilità ironiche, prendendo in giro me stessa, convinta fosse un espediente furbo per guadagnare punti.

E a tratti pareva funzionare. Quando riuscivo a intenerire quei cuori di pietra trovavo un po' di sollievo fra un'offesa e l'altra, e mi illudevo di essere una di loro. Ma durava poco: io ero il bersaglio preferito, la vittima sacrificale, e in fretta ricominciava quello stillicidio da cui non potevo sottrarmi, dovevo solo sperare che finisse al più presto. Anche le battute al vetriolo dei miei compagni sarà difficile dimenticarle.

"*Elisabetta dal culo grosso*". Questa scritta campeggiava perennemente sulle porte dei bagni. Incomprensibile come abbiano potuto quei *simpatici e affettuosi* ragazzi accedere alla toilette delle donne senza destare l'attenzione di nessuno.

All'epoca, mi venne anche il sospetto che non fossero stati loro a incidere la frase denigratoria, ma proprio le mie amiche che di certo non si sforzavano a prendere le mie difese, anzi, tra di loro si scambiavano occhiate divertite.

E nel momento in cui la scritta scompariva grazie a una generosa mano di vernice, il giorno dopo gli sconosciuti graffittari la rimpiazzavano con un'altra ancora più disgustosa. Inutili le continue e pesanti minacce del preside, senza prove e senza un colpevole non si poteva procedere e, ogni volta, il caso veniva archiviato.

Un'innocente goliardata, almeno così, sostenevano tutti. Chissà, se qualcuno abbia mai pensato che per me non era un semplice scherzo.

E i ricordi tristi si susseguono nella testa senza un ordine preciso.

Frequentavo il secondo anno del liceo.

Lui sedeva al banco davanti al mio. Carino, gentile, con un viso dai lineamenti delicati, avrebbe potuto intraprendere la carriera di attore.

Indubbiamente, l'avvenenza spiccava tra i suoi pregi e, a pensarci bene, possedeva anche naturali attitudini recitative.

A me faceva impazzire quel suo piccolissimo neo sotto il labbro inferiore e fantasticavo sulle sensazioni che avrei potuto provare nel baciarlo. Mi avrebbe solleticato? Dato fastidio? O procurato forti emozioni?

Sicura di non avere la benché minima speranza di constatarne l'effetto, mi limitavo a sognare a occhi aperti. All'apparenza un ragazzino perbene, solo in seguito scoprii che era uguale se non peggio degli altri.

«Ti andrebbe di venire al cinema con me questo pomeriggio? Danno un film molto divertente».

Sfoderai un sorriso inebetito e mi voltai indietro alla ricerca della reale destinataria della domanda. Improbabile che stesse rivolgendo a me - *al culo grosso* - il garbato invito.

«Elisabetta, mi ascolti? Sto parlando con te. Allora? Ci vieni?».

Diventai afona di colpo, feci solo un impercettibile cenno con il capo.

«Allora ci vediamo al cinema alle cinque. Tu comincia a entrare e prendi i posti... Ah, dimenticavo, compra anche popcorn e aranciata».

Avrei dovuto sospettare. Quelle leggere sfumature nella proposta così ben confezionata sapevano tanto di trappola.

All'epoca, ero ancora troppo ingenua per comprendere i perversi meccanismi della mente altrui.

«Ti ha invitato al cinema? Ne sei propria sicura? E ti ha chiesto di andare da sola?» mi domandò Paola con espressione incredula.

«Se non l'ho sognato, sì. E poi, scusa, solo tu puoi ricevere inviti?» le risposi con una punta di stizza.

Che immane tragedia. Rimasi tutto il pomeriggio nel cinema sola e abbandonata, su una sedia scomoda e con in mano i popcorn e l'aranciata richiesti.

Mi facevo pena e tenerezza. Ogni dieci secondi mi voltavo verso l'ingresso con la speranza che si aprisse quella tenda di velluto rosso. Confidai fino all'ultimo di vederlo comparire. Uno sciocco vagheggiamento. Sapevo che non avrebbe messo piede nella sala. E mentre gli spettatori ridevano di gusto alle battute del film, io consumavo tutte le mie lacrime per un bastardo con la faccia d'angelo e un cuore duro più del marmo.

Mi aveva teso un'imboscata, mi aveva circuita, raggiungendo il suo scopo.

E non era finita lì. La mattina seguente i miei compagni mi accolsero in classe con risate e sberleffi. Tutti complici di quell'orribile scherzo. Potevo comportarmi da vittima o da spavalda, ma in entrambi i casi non avrei ottenuto alcuno sconto di pena. A un tratto, lui con atteggiamento insolente si avvicinò e mi sussurrò all'orecchio: «Davvero hai pensato che io…?».

Sì. Da perfetta idiota ci avevo sperato. Non raccontai nulla ai miei genitori e nemmeno a mia cugina. Forse, mi avrebbe fatto bene sfogarmi ma nello stesso tempo avrei dato solo un inutile dispiacere. E così, riferii loro di aver trascorso un simpatico pomeriggio, in ottima compagnia e che il film era stato davvero divertente con scene esilaranti, sì, da sbellicarsi dalle risate.

Una pietosa bugia per dimenticare l'accaduto. Avranno creduto alle mie fandonie?

Intanto, nonostante le drastiche diete e le assidue frequentazioni in palestra e in piscina, il mio corpo non è mai cambiato.

Paola ha sempre avuto una parola di conforto riguardo alla mia fisicità e mi ripete spesso: «Hai un viso dolcissimo, luminoso e poi non ricordi le dive del passato? Erano sensuali per i loro corpi floridi e prosperosi, proprio come i nostri».

I nostri? Forse il suo.

Io di sensuale nel mio corpo ci vedo ben poco, e davanti allo specchio ogni giorno *ammiro* invece la cellulite sulle cosce che nemmeno i continui massaggi e le creme costose riescono ad attutire.

Ma Paola crede davvero in ciò che dice e mi ha spronato a puntare sulle mie capacità, a non pensare a quel chilo in più sui fianchi.

Grazie a lei, ho ignorato - o almeno, provo a ignorare - il giudizio degli altri andando dritta per la mia strada.

La mia aspirazione, dopo la laurea in Lingue, era diventare docente universitario. Sul mio libretto appariva una serie di ottimi voti, quindi possedevo tutte le carte in regola, ma la paura di essere osservata e giudicata si era riaffacciata con prepotenza. E anche se frutto della mia fantasia, appena osservavo due persone confabulare e ridere di gusto mentre mi guardavano di sottecchi, mille pensieri poco esaltanti mi si affastellavano in testa. *"Hai visto quella specie di balena?"*, *"Ma quanto sarà grande quel sedere?"*, *"Una dieta potrebbe iniziarla"*, *"Mi sa che mangerebbe anche il dietologo"*.

Così, per zittire quella vocina devastante mollai ancor prima di iniziare. E la carriera non è mai decollata. Malgrado i miei costanti sforzi di autostima, avevo il perenne timore o, meglio, il terrore di non essere all'altezza, complessata dal mio aspetto fisico.

I chili di troppo hanno ostacolato ogni mio progetto.

2

Quando si presentò l'occasione di occupare un posto in un'agenzia di viaggi non persi tempo a sostenere il colloquio con la titolare-arpia, durante il quale sfoggiai una perfetta padronanza dell'inglese e dello spagnolo e, soprattutto, la voglia d'impegnarmi e lavorare sodo. Quell'impiego, a mio parere, avrebbe potuto rappresentare la salvezza perché dietro una scrivania avrei nascosto il fisico *florido* e *prosperoso* esaltato tanto da mia cugina.

E poi, rimasi colpita dalla stazza robusta della titolare, conformità che forse avrebbe potuto renderci complici. Invece, fu solo un'utopia.

Dal primo incontro la "boss" nutrì nei miei confronti un irragionevole odio e ancora mi chiedo come io sia riuscita a superare la selezione visto che in agenzia sono contornata da cinque bellissime colleghe magre, con minigonne vertiginose e tacchi alti.

Si presentano in ufficio tutte in tiro, curate nei minimi particolari mentre io arrivo sempre di corsa, con i capelli spesso arruffati e un velo di rossetto che stendo maldestramente guardandomi allo specchietto retrovisore prima di uscire dall'auto. Mi definisco la classica impiegata per

famiglie e punto sulla simpatia o almeno ci provo.

I clienti abituali che siedono alla mia scrivania rinunciando alle generose scollature delle mie colleghe, sono coppie giovani smaniose di partire per la luna di miele o anziani con sfavillanti dentiere pronti a rilassarsi in un posto termale convenzionato.

Fu all'arrivo di Giuseppe, web designer, reclutato dalla titolare per rinnovare la grafica del sito aziendale, che pensai che la vita non è poi così ingiusta e che, qualche volta, ti regala anche momenti di pura felicità.

Da un po' di tempo in agenzia non si vedeva bazzicare un maschio. Forse, l'ultimo uomo che aveva messo piede in ufficio fu allo scoppio di un tubo nel bagno. Si presentò a ripararlo un vecchio decrepito con una testa piccolissima e un paio di orecchie enormi, scorbutico e arrogante. Ma abituate con la nostra titolare, sempre incavolata nera, in confronto lui ci sembrò simpatico e amichevole.

Così, Giuseppe con il suo fisico piuttosto allettante, i capelli corti biondo cenere, due labbra pazzesche e un naso perfetto tanto da far sospettare un passaggio dal chirurgo estetico, invece di essere attirato dalle mie colleghe, che in sua presenza continuavano a ritoccarsi il rossetto e ravviarsi i capelli, aveva rivolto le sue attenzioni su di me.

All'inizio, pensai a uno scherzo di cattivo gusto ordito dalle mie pseudo amiche avvenenti, ma compresi ben presto, dai loro sguardi invidiosi e scettici che forse non era uno stupido gioco.

Ogni giorno, al suo arrivo in agenzia, prima di sedersi alla sua postazione Giuseppe mi guardava, mi regalava un sorriso dolce e sincero, e temporeggiava con lo sguardo, suscitando in me sensazioni altalenanti che andavano da improvvise vampate di calore a brividi di freddo. E trascorsa una settimana, oltre al solito generoso sorriso, aggiunse un caffè e un cioccolatino.

"Questa non ci voleva", pensai.

Io non bevevo caffè, ma non potevo rifiutare un gesto così carino e di nascosto, dopo un breve accenno di portare il bicchierino alle labbra, lo gettavo in un piccolo vaso contenente una piantina grassa accanto al computer e chissà se, senza saperlo, l'abbia rinvigorita innaffiandola con la bevanda corroborante.

Ritenevo il suo rito così romantico e pieno di poesia che non volevo spezzarlo solo per un mio stile di vita virtuoso.

Dopo due settimane, oltre al mix sorriso-caffè-cioccolatino, arrivò un invito al cinema. Tremai per un breve istante perché di colpo si ripresentò la mia *"fobia del posto vuoto"*. Definivo, così, la mia ancestrale patologia ogniqualvolta l'incontro avveniva in un luogo con posti a sedere. Ma volli essere positiva e costruttiva. E gli inviti, per magia, si moltiplicarono a dismisura.

Cominciammo a frequentarci e cercai di capire da cosa potesse essere attratto. Dopo avergli elencato i miei difetti caratteriali e fisici, anche se questi ultimi erano ben evidenti, provai a intimorirlo sul piano economico, descrivendogli la mia situazione finanziaria: il modico stipendio dell'agenzia e una casa, ereditata dai miei genitori, di tre stanze e cucina, insomma, un piccolo appartamento da ristrutturare quanto prima.

Giuseppe pareva non essere interessato al mio stato patrimoniale, e quando una sera al cinema nella penombra mi sussurrò all'orecchio di trovarmi molto affascinante in un vestito poco alla moda ma adatto a coprire il mio sedere grosso, davvero mi sentii una diva anni Sessanta.

E mi sforzai, anzi m'imposi di credere che le sue parole fossero sincere e non frutto di qualche bicchiere di troppo o dovute alla scarsa illuminazione nella sala.

Di qualche anno più giovane di me, ma poco importava. Tra passeggiate, cinema, pizzerie e caffè sperperati vivevo settimane incantevoli. Tutto mi appariva più bello, come se all'improvviso fossi diventata ricca e non materialmente, ma spiritualmente. Vedevo ogni cosa sotto una luce nuova: il posto di lavoro, l'arpia sempre arrabbiata, le colleghe inappuntabili e perfino i clienti sembravano diversi.

Si avvicinavano alla mia scrivania con un sorriso smagliante e rassicurante marcato sul viso.

Dopo svariati giorni d'incontri e appuntamenti ci fu un piccolo sfioramento di labbra. Il tipico bacio tra amici quando sei costretto a pagare pegno. A me sembrò di essere stata catapultata in *Via col vento*. Certo lui non era Rhett Butler, e nemmeno io ero Rossella, ma in compenso indossavo un largo cappotto che rammentava il suo ingombrante abito-tenda.

Ricordo tra di noi lunghi silenzi. Avevo paura di fargli domande, non volevo rovinare quel momento scoprendo qualcosa che poi mi avrebbe fatto soffrire. Preferivo sorvolare su argomenti tipo lo stato civile o i gusti sessuali e conversare, invece, del suo lavoro che descriveva con grande passione ed entusiasmo. In verità, alle volte, era un po' noioso, ma dovevo accontentarmi. Il mio terrore si manifestava ai saluti di congedo, quando speravo con tutte le forze che non proferisse la frase trita e ritrita che ormai mi accompagnava da anni: "Sai, Elisabetta, con te sto bene. Sei dolce, carina e una buona ascoltatrice. Sì, sei davvero un'amica".

Piuttosto avrei voluto che mi conficcasse un pugnale dritto nel cuore: mi avrebbe fatto meno male. No, non disse quelle parole, ma forse, si comportò ancora peggio.

Mia cugina, alla notizia di questo incontro, mi mise subito in guardia.

Per me rimarrà un mistero. Non ho mai compreso come Paola riesca a tracciare un profilo psicologico di un individuo ancora prima di vederlo.

Avrà un dono particolare, tra gli altri suoi talenti, o forse, mi conosce molto bene.

«Sei sicura che sia un bravo ragazzo? Un tizio che arriva in agenzia all'improvviso… cosa sappiamo di lui? Potrebbe essere sposato, separato, con figli, oppure con una compagna incinta o addirittura un delinquente. Non vorrà mica solo divertirsi?».

«Potremmo chiedere informazioni a quel tuo amico commissario? Paola, naturalmente sto scherzando. Tu saresti davvero capace di scavare nel suo passato alla ricerca di chissà quali oscuri e torbidi segreti. Ma dài! Se avesse avuto intenzione di divertirsi, avrebbe abbordato le mie amiche *miss* dell'agenzia che non vedevano l'ora di essere corteggiate».

«Non lo so, è tutto così precipitoso, lo dico solo perché non voglio che tu soffra».

«Perché ogni volta devo soffrire? Anch'io posso piacere a qualcuno. Non mi capitava dai tempi del liceo o, meglio, delle medie di provare queste emozioni».

«Sicuro che puoi piacere, ma desidero che sia la persona giusta per te».

Le sue ultime parole famose. Forse, non era sposato, divorziato né tantomeno un rapinatore seriale con figli piccoli a carico, ma dopo circa un mese di frequentazione Giuseppe sparì non solo dalla mia vita, ma dal mondo.

Irreperibile al cellulare, inesistente il suo indirizzo di casa. Non sapevo a chi rivolgermi per avere sue notizie. Anche in agenzia, dopo aver terminato il lavoro e percepito il compenso, non si fece più vivo. Quando, a voce bassa e con la coda tra le gambe, chiesi all'arpia se avesse potuto fornirmi un recapito alternativo di Giuseppe o se per caso fosse a conoscenza di un suo indirizzo e-mail, mi fulminò con uno sguardo bieco, neanche le avessi chiesto un aumento di stipendio e due mesi di ferie pagate. Abbassai gli occhi facendo finta di controllare alcune pratiche e tornai di corsa, con il viso in fiamme, alla mia scrivania.

Mi sembrava di aver vissuto una storia con un fantasma. Già, un fantasma buono, perché solo un'anima pia poteva regalarmi attimi così speciali.

Meraviglioso ricevere complimenti e dimostrazioni d'affetto. Ti abitui così repentinamente al meglio che non riesci più a farne a meno. E poi ti rassegni sforzandoti di dimenticare certi comportamenti inspiegabili.

Quella storia abbassò tanto il mio livello di autostima, ma non sapevo che, di lì a poco, un'esperienza impetuosa stava per sconvolgere la mia vita.

3

«Scusami se ti disturbo in agenzia, ma volevo sapere come stavi, ieri ti ho vista abbattuta, quasi in fase depressiva».

«È il mio stato naturale, Paola».

«Betta, non ricominciare, sei noiosa. Sai quanti uomini puoi incontrare?».

«Be', se tardano ancora, arriverò alla pensione. Sai, non mi ero illusa con Giuseppe, ci conoscevamo da poco, ma speravo in una relazione che durasse almeno qualche mese. Invece, il tempo di accendere un fiammifero e soffiarci sopra per spegnerlo. Sparito senza lasciare traccia. Sono stata sciocca a credere che qualcuno potesse rivolgermi gesti affettuosi e provare qualcosa per me».

«Non essere così catastrofica, vedrai, presto arriverà la persona giusta che ti farà perdere la testa e dimenticherai tutti gli uomini meschini che di certo non ti hanno mai meritato».

Mi domandai a quali uomini si riferisse mia cugina, ma non ebbi modo di formulare una risposta.

«Scusami, ora devo rimettermi a lavorare. È la seconda volta che la titolare mi lancia sguardi di rimprovero. Non so come fa, ma capisce che la telefonata non è di lavoro. Forse ha inserito una cimice nel telefono e ascolta le nostre conversazioni».

«Aspetta, un'ultima cosa: domenica prossima abbiamo deciso di andare in un delizioso agriturismo in collina, e desideriamo che venga anche tu. I tuoi nipoti hanno insistito tanto, si divertono con te e poi, almeno, servirà a distrarti».

«Devo chiudere Paola, l'arpia mi ha appena lanciato un terzo sguardo più minaccioso degli altri due. Ti farò sapere».

È difficile dire di no a mia cugina, riesce sempre a tirar fuori argomenti validi per farti accettare qualsiasi invito o proposta. Le ripeto spesso che sarebbe stata un'abile venditrice. Con la sua dialettica riesce a persuadere superando qualsiasi obiezione le venga presentata. Con lei non hai alcun modo di controbattere e, dopo un lungo lavaggio del cervello, acconsenti ai suoi inviti senza indugi.

Qualche volta per scuoterti utilizza anche modi bruschi, ma con eccellenti risultati.

Successe alla festa dei suoi quarant'anni. L'aveva organizzata nel suo giardino, curando ogni particolare: ombrelloni colorati, tavoli coperti da tovaglie rigorosamente bianche e non so quante candele di ogni forma, colore e dimensioni sparse sul prato. Aveva fatto allestire da un servizio di catering un ricco buffet, e potevi trovarci qualsiasi leccornia dal dolce al salato.

Io senza freni inibitori mi ci ero tuffata a razzo e, dopo aver riempito oltremisura il piatto con tutte quelle prelibatezze, mi ero sistemata in un angolino che mi permetteva di godermi la festa ben nascosta. Ma a Paola poteva sfuggire questo particolare?

Rilassata nel mio cantuccio a ingozzarmi di vol-au-vent ripieni al salmone e gamberetti, vidi Paola dirigersi verso di me con aria intimidatoria.

«Ti vuoi dare una mossa o hai deciso di rimanere inchiodata per tutta la serata alla sedia?».

«Perché? Io sto benissimo…».

Non finii la frase. Mi prese per un braccio e mi trascinò con impeto sotto il gazebo, dove altri invitati già ballavano al ritmo di una musica dance.

Rimasi imbambolata per alcuni secondi, ferma, immobile. E in quel momento avrei voluto tanto rendermi invisibile.

A scuotermi furono un buffetto sul viso e la voce di Paola.

«Non devi essere una stella della danza, Betta. Ballare è più naturale di quanto immagini. Muoviti!».

Quella serata, sotto certi aspetti, rimarrà memorabile. Dopo la vergogna iniziale cominciai a prendere confidenza, mi scatenai, e non smisi più di ballare o almeno di muovermi. Ecco, per una volta potevo godermi la festa e ci stavo prendendo davvero gusto. Ma il destino era in agguato. I ritmi incalzanti della musica mi fecero venire una gran sete e così, mi allontanai dal gazebo e seguendo ancora le note con leggeri movimenti del corpo e della testa, mi diressi al tavolo delle bevande. Mi ero versata un succo di ananas e fu un attimo: mi voltai di scatto e l'intero contenuto del bicchiere si rovesciò sulla camicia azzurra di un malcapitato.

Mi sentii morire. Perché accadevano sempre a me queste cose? Gli chiesi mille volte scusa. Provai a tamponare con un tovagliolo di carta il danno appena procurato rendendomi conto di peggiorare la situazione e rovinando spaventosamente la camicia. Ma cosa c'era dentro quel bicchiere? Succo di ananas o acido muriatico? Una terribile congiura contro di me.

«Signora, è inutile agitarsi, non è grave» mi disse lui mentre invano cercavo di smacchiare.

La frase seppur cortese e galante non corrispondeva al tono della voce che espresse tutto il risentimento nei miei confronti. Si allontanò lasciandomi di stucco con il tovagliolo in mano, mentre continuavo a blaterare scuse stupide in modo infantile e piagnucoloso.

Pochi secondi dopo intercettai lo sguardo di mia cugina che pur trovandosi dall'altro lato del giardino, aveva assistito alla scena. Alzai le mani mentre lei reagì rivolgendo gli occhi al cielo come a dire: *"Sei sempre la solita distratta"*.

Mi ero illusa, un'altra serata da depennare dal calendario.

Uscita dall'agenzia rinvenni una miriade di messaggi sulla segreteria telefonica. La titolare, tra i tanti divieti, non ci permetteva di tenere il cellulare acceso. Per fortuna, andare in bagno era consentito. Ma non troppo spesso.

Paola aveva registrato lo stesso messaggio per otto volte: forse, avevo scovato un difetto in mia cugina.

Abile in tutto, Paola non ha una grande dimestichezza con la tecnologia, da anni possiede lo stesso telefonino e lo stesso computer dichiarando di esserci affezionata. In realtà, credo che non abbia voglia di evolversi e sperimentare versioni più avanzate. Riflettendoci... anch'io.

Il messaggio sempre uguale: *"Allora cosa hai deciso? Vieni con noi? Posso prenotare anche per te la camera all'agriturismo?"*.

Non avevo deciso un bel niente. Il sabato e la domenica erano gli unici giorni in cui potevo staccare la spina e dormire fino a tardi.

Dopo cinque lunghe giornate d'inferno tra la titolare assillante e le colleghe pronte a infierire, potevo finalmente dedicare il fine settimana a me stessa. Avevo tutti i miei riti da eseguire con calma e rilassatezza: una messa in piega dal parrucchiere, un massaggio dall'estetista e alcune maschere sul viso fai da te.

Proprio quel sabato avrei voluto provarne una nuova all'uovo, rivitalizzante, tanto decantata da una rivista, sperando in una pelle più luminosa e tonica.

L'idea di trascorrere il weekend in un agriturismo in collina e sorbirmi le liti e i capricci dei miei nipoti, adorabili ma pur sempre ragazzini irrequieti, non mi infervorava.

Poi, pensandoci, avrei dovuto sciropparmi la solita nenia di mia cugina. Ormai era un copione fisso con battute identiche e anche la stessa intonazione: *"Perché sei così asociale? Non capisco cosa fai tutta sola a casa. Stai invecchiando tra quelle mura"*.

E se voleva essere ancora più persuasiva, utilizzava un'altra frase con risultati apprezzabili: *"Ormai in quella casa fai parte dell'arredamento"*.

A quale componente di arredo mi paragonava Paola? Mah, speravo almeno in qualcosa di funzionale.

Decisi, seppur controvoglia, di chiamarla e confermare la mia presenza in quell'agriturismo sperduto sulle colline.

Accettai, ma a una sola condizione: essere libera di raggiungerli con la mia auto, almeno avrei fatto il viaggio con tutta tranquillità e mi sarei risparmiata i capricci in macchina dei bambini che mi avrebbero portato di sicuro all'esasperazione.

«Passavamo a prenderti noi, il posto c'è. Non capisco perché vuoi venire con quella tua auto d'epoca. Quando deciderai di acquistarne una più sicura e affidabile? Sai almeno arrivarci?».

«Ti ricordo che non sono più una bambina, e che la mia auto non è vecchia e mi piace così, cammina alla grande. Per quale motivo dovrei cambiarla?».

«E va bene, con te non si può ragionare. Mi raccomando però, vai piano, stai attenta agli autovelox, tieni acceso il cellulare e per qualsiasi cosa chiama. Hai una cartina stradale?».

«Paola, ma stiamo andando in un agriturismo per trascorrere due giorni rilassanti o in guerra?».

Quel venerdì in agenzia aspettavo con impazienza l'orario di chiusura. Dovevo ancora preparare la valigia e non avevo alcuna intenzione di farla l'indomani. Guadagnare ore di sonno: era il mio slogan.

Continuavo a sbirciare l'orologio, e sembrava che le lancette si fossero incantate sulle 17:35. Ogni minuto equivaleva a tre ore.

E nel silenzio frammentato solo dal ticchettio delle dita che scorrevano veloci sulla tastiera dei computer, un falso colpo di tosse richiamò la mia attenzione.

«Elisabetta, cosa c'è? Hai fretta di andare via?».

«No, anzi… stavo verificando alcuni voli per Parigi» risposi imbarazzata.

«Sicura? Sai, ti vedo ciondolare sulla sedia e controlli ogni minuto l'orologio. Siccome mancano ancora due ore alla chiusura, potresti mandare avanti la pratica dei signori Arienzi. Ricordi la loro crociera nel Mediterraneo?».

«Avevo pensato di occuparmene lunedì mattina».

«Perché aspettare quando puoi farlo ora?».

«D'accordo» risposi con un sorriso a labbra strette.

Avrei voluto che un fulmine cadesse in quel preciso istante sulla sua testa cotonata, poi esitai a scagliare il mio anatema, ci mancava anche di perdere il lavoro.

L'arpia, quel pomeriggio, era più *simpatica* del solito. Il fine settimana rende tutti più allegri, lei, invece, non perdeva mai l'espressione dell'eterna incavolata.

Sbrigai il lavoro richiesto *gentilmente*. Che frustrazione organizzare viaggi da favola per degli estranei dentro un ufficio. A me toccava solo un misero weekend in un agriturismo sperduto in compagnia di mia cugina e della sua famiglia.

Emisi un sospiro di rassegnazione, spensi il computer e uscii dall'agenzia.

4

Mi svegliai di soprassalto. Le otto e trenta. La sveglia era impostata a trillare tutte le mattine tranne il sabato. Me ne ero completamente dimenticata.

«Mio Dio, com'è tardi!» esclamai mentre mi sfilavo il pigiama azzurro di flanella.

Ancora la valigia da preparare. Valigia... insomma, un modello antiquato che risaliva ai primi anni Settanta. Di pelle, e forse tempo addietro di colore marrone o beige. Chi può saperlo. Se mi fossi presentata con quella "cosa" all'imbarco di un volo aereo, non mi sarebbe stata concessa la possibilità di salire a bordo e di sicuro mi avrebbero ritirato pure il passaporto. Inconcepibile viaggiare con una specie di baule, ma apparteneva a mio padre ed ero affezionata a quell'accessorio *vintage* come, d'altronde, a tante altre cose vecchie e forse inutili.

Sicura di non partecipare a feste e incontri mondani, avevo deciso di inserirci il minimo indispensabile. In fondo si trattava solo di due giorni, di un semplice, tranquillo fine settimana con la mia famiglia.

Mentre con una mano addentavo una fetta biscottata, con l'altra infilavo in valigia indumenti pratici: pigiama e vestaglia, due maglioni extralarge, una camicetta di seta o forse di raso presa in saldo due settimane prima, una gonna nera, un jeans scolorito di ricambio, due paia di scarpe basse e soprattutto comode.

Uscii da casa molto tardi. Sussultai nel controllare l'orologio e così scelsi di tenere il telefonino spento e di accenderlo a debita distanza dalla mia abitazione per cautelarmi da eventuali rimproveri del tipo: *"Dovevo intuirlo, ancora non sei pronta. Sei la solita ritardataria. Noi siamo già in viaggio da due ore e tu sei ancora a casa"*.

Mi misi in auto, accesi il motore che subito emise uno strano rantolio che avrebbe destato preoccupazioni a qualsiasi persona sana di mente. Io non mi scomposi, accarezzai più volte il cruscotto e sussurrai: «Non mi deludere, ti sei sempre comportata bene. Dimostra quanto vali e sii superiore alle critiche della cuginetta, ce la farai anche questa volta, sarai una scheggia». Ingranai la marcia e partii.

Avevo percorso credo una cinquantina di chilometri seguendo alla lettera le indicazioni di mia cugina con la speranza di averle ben impresse nella memoria, ma non scorgevo ancora alcun cartello che m'indicasse se stessi procedendo nella direzione giusta.

Mi trovavo su una strada immersa nella natura e, anche se il paesaggio incantevole avrebbe dovuto infondermi la stessa calma e la serenità di una seduta di yoga, cominciai a percepire un senso di panico.
Sola su quella via, a un tratto rividi una scena: io piccola all'uscita da scuola. Sgranavo gli occhi e mettevo a fuoco per scorgere mia madre con il suo dolce sorriso che si dimenava in larghi gesti per farsi notare. E se di primo acchito non riuscivo a individuarla, sentivo affiorare le lacrime piombando nel terrore più assoluto. Ora provavo simili sensazioni. E in quel frangente, mi pentii di non aver preso in considerazione l'acquisto di un cellulare dotato di navigatore. Avevo ancora un vecchio modello, simile al reperto archeologico di mia cugina, con cui a malapena telefonavo e inviavo messaggi. La mia angoscia aumentava a dismisura, così, mi convinsi ad accenderlo e a chiedere informazioni a Paola.
Credo di essere sbiancata. Telefonino scarico.
«Sono una stupida, una stupida! Mi sono dimenticata di caricare il cellulare. E ora cosa faccio?».
Mi fermai sul ciglio della strada, scesi dalla macchina, attorno a me un silenzio desolante. Vedevo solo una ricca vegetazione, non scorgevo

una casa, una fattoria, un segnale di fumo, una macchina di passaggio. Nulla.

Riprovai ad accendere il cellulare.

«Ti prego, accenditi, solo per pochi secondi, ti prego».

Completamente morto. Il mio respiro diventò affannoso.

«Ha ragione mia cugina, sono una sbadata, un'incosciente, potevo almeno portare il carica-batteria per l'auto».

Ma subito ricordai, con grande afflizione, che la mia auto non era dotata nemmeno di un accendisigari.

«Dovevo ascoltare Paola. Buttare via questo catorcio e comprarmi un'auto più dignitosa, almeno provvista di accendisigari».

Mi rammaricai di aver proferito quelle parole infami nei confronti della mia auto. Fino a poche ore prima l'avevo elogiata rassicurandola e proteggendola. E adesso invece?

La paura davvero può fare brutti scherzi. Stavo vaneggiando. Solo una pazza isterica poteva instaurare un patetico e assurdo dialogo con la propria automobile e attendere, chissà, anche una risposta.

Risalii in auto, accesi le quattro frecce e rimasi immobile con la testa appoggiata sul volante, sperando in un miracolo. Auspicavo che almeno una macchina, un'anima pia su un carretto o in bicicletta passasse da quel luogo dimenticato.

Guardai l'orologio, quasi le tredici. In venti minuti nessuno, nemmeno l'ombra di un'auto. Mi sarei accontentata anche di un malintenzionato, qualsiasi persona in grado di aiutarmi a uscire da quell'incubo.

La situazione era disperata. Feci una serie di lunghi e profondi respiri per recuperare lucidità e concentrazione.

"Coraggio Elisabetta, sei uscita da situazioni ben peggiori, vedrai che qualcosa accadrà. Devi solo crederci". Dopo aver recitato quei pensieri positivi, mi rimisi in viaggio, sicura che prima o poi su quella strada avrei incontrato qualcuno.

Per fortuna, il serbatoio della benzina era ancora metà pieno, almeno non rischiavo di rimanere in panne.

Continuavo a macinare chilometri su chilometri e ancora non intravedevo alcun segno di vita, a parte un istrice o qualcosa di molto somigliante che mi tagliò la strada ma che riuscii a evitare grazie alla mia lenta andatura.

Visto il ritardo accumulato, immaginavo le congetture fantasiose di mia cugina, nota per la sua apprensione e la sua teatralità. Mi vedeva già in un obitorio o nel caso più fortunato in un ospedale, stesa su un letto in terapia intensiva, intubata, collegata a un respiratore. E in sottofondo la voce risoluta del medico: «La stiamo perdendo... la stiamo perdendo».

Questo pensiero non aiutava a sopire la mia ansia, ma se avessi saputo cosa mi stava aspettando, il mio umore sarebbe stato diverso.

Persi ogni speranza dopo essere passata davanti a un rudere abbandonato. In verità, ebbi paura di sostare per rendermi conto se ci fosse qualche presenza. Aveva un'aria talmente spettrale che non provai nemmeno a rallentare, ma rivolsi solo uno sguardo fuggevole e tirai dritta.

All'improvviso, un miraggio. Vidi apparire un distributore di benzina, anch'esso dall'aspetto trascurato e minaccioso.

«Dio, ti prego, fa' che ci sia qualcuno».

Fermai la macchina e in quell'attimo, attirato dalla brusca frenata, uscì da un ufficio decadente simile al bagno pubblico di una vecchia stazione ferroviaria, un omino con pochi capelli, panciuto, ma con una faccia sorridente e serena.

Scesi dall'auto e d'istinto avrei voluto correre verso di lui, buttargli le braccia al collo e baciarlo sulla fronte, ma smorzai il mio entusiasmo e chiesi, invece, informazioni più dettagliate su come arrivare all'agriturismo.

Alla domanda, mi fissò con occhi spalancati tanto da farmi sentire un'aliena appena catapultata sulla

Terra da un pianeta sconosciuto, e questo non presagiva nulla di buono.

«Signora, è proprio sicura? Deve andare alla *"Cascina degli oleandri"*?».

«Sì, perché?» gli domandai timorosa di sentire la risposta.

«Mi dispiace darle questa terrificante notizia ma è dalla parte opposta. Deve tornare indietro e al terzo incrocio girare a destra. Poi, proseguire per moltissimi chilometri e credo che dovrà ancora chiedere informazioni».

Mi sentii avvilita e senza più alcuna speranza. Tentai l'ultima carta da giocare.

«Mi scusi, ha un telefono? Dovrei fare una chiamata urgente e il mio è completamente scarico».

«Non ho il telefono fisso, sa, in questa zona... ma le posso dare il mio cellulare».

«Grazie, lei è gentilissimo. Mi ha salvato la giornata» gli dissi regalandogli uno dei miei più bei sorrisi. Mi appartai per chiamare mia cugina.

Appena Paola sentì la mia voce fui costretta ad allontanare il telefono dall'orecchio per le sue urla disumane.

Non mi fece aprire bocca. Appena tentavo di inserirmi in quello che avrebbe dovuto essere un dialogo, lei mi sovrastava blaterando una serie di frasi tragicomiche tra le quali afferrai l'espressione: *"Sono morta dallo spavento!"*.

Le spiegai che non potevo trattenermi a lungo al telefono e che, forse, era opportuno trovare una soluzione.

Paola e il marito cercarono attraverso una cartina di capire in quale parte remota del mondo fossi finita e, grazie all'aiuto dell'omino del distributore, localizzarono la mia posizione geografica.

Dopo aver individuato il modo di raggiungere il tanto *agognato* agriturismo, terminammo la telefonata, ma le ultime battute esagitate furono di Paola: «Non è concepibile! Affrontare un viaggio con il cellulare scarico. Quando puoi, mettilo in carica, maledizione!».

Non aveva tutti i torti, ma ormai i giochi erano fatti.

Ora, dovevo rimettermi alla guida e sostenere non so quante ore di viaggio.

Forse per lo spavento o più per l'ora, iniziai ad avvertire un leggero languore, ma non ebbi il coraggio di chiedere all'omino se avesse qualcosa di commestibile.

Evidentemente il mio viso esprimeva tutta la mia stanchezza… e la mia fame.

«Poiché ci vorrà ancora molto, vuole che le prepari un panino?».

Mi aveva letto nel pensiero o aveva osservato con attenzione il mio fisico.

Accettai la sua gentile offerta ma prima, per evitare altri intoppi, mi feci colmare il serbatoio di benzina.

E seduta su una sedia ricavata da un tronco, sotto un gazebo coperto di foglie di edera, mangiai il mio panino imbottito con speck e funghi sott'olio.

Nonostante la tragica circostanza, provai un senso di rilassatezza. Quel posto, quel silenzio, spezzato solo dallo scroscio di un ruscello m'infondeva una grande pace interiore.

5

Mi ero appena lavata le mani a una fontanella dietro l'ufficio, quando rimasi sorpresa nel sentire un'altra macchina fermarsi.

Ringraziai il mio salvatore per tutto e mi avviai alla mia auto. All'improvviso, una voce.

«Ha bisogno di aiuto?».

Mi voltai e vidi un uomo con occhiali scuri alla guida di un fuoristrada.

«Cosa le fa credere che abbia bisogno di aiuto?».

«La vedo tutta sola, in una zona sperduta e non penso che sia qui per una passeggiata di piacere o per raccogliere margherite».

«Sì, in effetti ha ragione. Per fortuna è tutto risolto e sto proseguendo il mio viaggio» risposi con un ghigno.

«Dove sta andando?».

"Ecco" pensai, "ora ci manca solo il maniaco violentatore e poi la mattinata è completa".

Scese dalla macchina e venne verso di me con andatura spavalda. E tutto sembrava tranne che un molestatore.

Alto, bruno, viso abbronzato con mascella volitiva. Indossava una giacca sportiva, un maglione verde scuro alla dolcevita e jeans sdruciti.

«Piacere, Duccio» si presentò stringendomi la mano con vigore.

«Elisabetta» risposi.

Un interrogativo si materializzò nella mia mente: "Stavo vivendo la giornata più funesta o la più emozionante?".

«Allora, dov'è diretta?».

«Mi scusi, non vorrei essere sgarbata, ma non vedo il motivo per cui le dovrei dire dove sono diretta».

Mi pentii di aver pronunciato quella frase. La sua presenza dopo la rocambolesca avventura mi procurava una certa eccitazione. Nel frattempo, tentavo di tirare sempre più giù il maglione per coprire il mio ingombrante sedere, domandandomi perché proprio quel giorno avessi avuto la brillante idea di indossare dei jeans attillati.

«Glielo chiedevo perché siamo in una zona solitaria ed è molto facile perdersi, così, se le occorre aiuto…».

Tutte le mie difese crollarono quando si tolse gli occhiali da sole. Fui colpita dai suoi occhi scurissimi e da una cicatrice sullo zigomo sinistro che rendeva il suo volto ancora più affascinante.

Superato l'imbarazzo iniziale, provai a sciogliermi, d'altronde non avevo alcuna possibilità di suscitare pulsioni fisiche in un uomo del genere, soprattutto in quel momento con i capelli raccolti da un elastico, senza un filo di trucco e i maledetti jeans che concentravano l'attenzione sui miei difetti.

«Lei è molto cortese. Sono diretta alla *"Cascina degli oleandri"* dove mi aspetta mia cugina con la famiglia e sono davvero in ritardo. Anzi, la saluto e mi rimetto in viaggio».

«Che combinazione! Anch'io vado da quelle parti a trovare una vecchia zia. Se vuole, può seguirmi, almeno non sbaglierà strada».

La scusa della "vecchia zia" mi suonava strana, da serial killer. Non sapevo se ridere o essere terrorizzata. Se Paola avesse saputo che stavo per seguire un illustre sconosciuto incontrato per caso nei pressi di un distributore fatiscente su una strada deserta, mi avrebbe fatto rinchiudere in una casa di cura lasciandomi lì. Per sempre.

Intanto, il mio maglione si era talmente allungato che ormai mi arrivava alle ginocchia. Almeno serviva allo scopo.

Lui continuava a fissarmi, in attesa di una risposta. Io lì imbambolata, non riuscivo a prendere una decisione. Il mio istinto mi diceva di chiudermi in macchina e scappare a folle velocità, ma poi, considerai: "Quando mi potrebbe ricapitare di incontrare un uomo come Duccio?". Paola non avrebbe mai saputo nulla. D'altronde eravamo in due macchine separate, cosa poteva mai accadermi?

«D'accordo, chiamo mia cugina e le dico che sto per partire».

Proferii questa pietosa bugia solo per fargli credere che qualcuno sarebbe stato informato del suo *accalorato* aiuto. In verità, non avrei mai potuto farlo per due motivi: il cellulare scarico e l'assoluto riserbo con mia cugina sull'inaspettato incontro.

In auto, con i finestrini accuratamente serrati, mi preparai alla triste pantomima di parlare al cellulare spento, cercando di non farmi notare dall'omino che mi avrebbe considerata una scroccona o una psicopatica. Dopo alcuni minuti, abbassai il finestrino e gli dissi: «Tutto a posto, ora possiamo andare».

«Mi scusi, non vorrei essere inopportuno, ma la sua auto è passata all'ultima revisione?» disse con un sorriso sagace.

«Ma cosa fa, ci si mette anche lei? Non bastano le continue offese gratuite di mia cugina? La mia auto è perfetta, e non deve gareggiare a nessun gran premio. Piuttosto mettiamoci in viaggio, è tardissimo».

Mentre salì in auto, notai ancora quel suo risolino stampato sulle labbra.

Avevo consapevolezza di ciò che stavo facendo? Forse no. Ma nella vita accadono alcune cose alle quali non riesci a dare una spiegazione, e il mio incontro con Duccio era una di quelle.

Procedemmo per alcuni chilometri. Mi rendevo conto che stavo vivendo qualcosa di surreale. Un perfetto sconosciuto. Non sapevo nulla di lui. Forse, era davvero un malintenzionato che mi avrebbe condotto in chissà quale cascina abbandonata per poi approfittare di me.

Questo pensiero mi terrorizzava e, nello stesso tempo, mi procurava uno stato di pura esaltazione. Stavo commettendo una pazzia, forse la più grande. L'ultima risaliva a una gita scolastica, quando comprammo una bottiglia di spumante. Naturalmente le compagne spinsero me a entrare nel negozio di liquori. Essendo cicciottella, mostravo più anni della mia età e quando si voleva raggirare la legge, per approvazione unanime, mi mandavano in avanscoperta e i risultati erano più che soddisfacenti. Il proprietario del punto vendita senza battere ciglio, mi consegnò la bottiglia con un largo sorriso. E la notte, in camera, attente a non farci sorprendere dai professori, tra abbuffate di pasticcini e sorsi generosi bevuti direttamente dalla bottiglia, ci sbronzammo al punto da vomitare tutta la notte, svegliandoci il giorno dopo con un mal di testa spaventoso.

Al pensiero, riesco quasi ad avvertire a distanza di anni la forte emicrania.

E anche questa volta, non avrei detto nulla a mia cugina. Nonostante da giovane, fosse molto corteggiata è sempre stata una bacchettona, non si è mai lasciata andare. Forse, nemmeno per un bacio con il bullo di turno nel buio di un cinema, o per un tiro di sigaretta furtivo nei bagni della scuola.
Mi allettava l'idea di avere il cellulare fuori uso. Conoscendo le abitudini di Paola, mi avrebbe telefonato almeno ogni cinque minuti. A voler essere ottimisti.
Intanto, cominciava a imbrunire e delle nuvole minacciose cariche di pioggia sembravano prepararsi a un violento acquazzone.
«Dio mio, ti prego, fa' che non piova».
La mia seconda preghiera non fu ascoltata.
A un tratto, si scatenò un temporale con fulmini e tuoni. Non avevo mai visto venire giù tanta acqua. I miei tergicristalli, con le spazzole consumate, faticavano a rimuovere la pioggia che si abbatteva con una forza indescrivibile.
Adesso la scena era al completo: uno sconosciuto killer, una vittima incosciente e un temporale da brividi.
Tre ottimi ingredienti per un film horror.
La visibilità ridotta. Aguzzavo la vista senza perdere il mio unico punto di riferimento: le luci di posizione dell'auto del mio cavaliere misterioso.

6

All'improvviso, vidi lampeggiare il segnale della freccia e contemporaneamente la sua auto rallentare e svoltare a destra.

Fui assalita dal panico. Non volevo fermarmi. Forse, i miei dubbi e le supposizioni sulla sua vera identità stavano prendendo fondamento.

«Perché ti stai fermando? E ora cosa faccio? Spero solo che tu abbia uno stimolo impellente».

Mi risollevai nel momento in cui vidi che si fermò davanti a una specie di trattoria, di quelle in cui al primo piano ci sono camere in affitto. Scese dalla macchina e, proteggendosi il capo con la giacca, mi fece cenno di seguirlo.

Presi coraggio, mi riparai anch'io con una cartellina di plastica, m'infilai in quella bettola e di primo acchito fui accolta da un olezzo nauseabondo di ragù di carne decisamente andato a male.

«È preferibile fermarci per un po', sta scendendo il finimondo ed è pericoloso proseguire. Lo dico per la sua auto» disse con tono sarcastico.

«Perché tutti prendete in giro la mia auto? Sarà un po' datata, ma non mi ha mai dato problemi» risposi risentita, mentre mi scrollavo di dosso l'acqua infiltratasi nel mio maglione.

«Non si deve offendere Elisabetta, è davvero imprudente. La strada è bagnata e scivolosa».

La sua voce aveva assunto un tono caldo e amorevole, e m'irrigidii quando mi sfiorò il viso con le dita per rimuovere una goccia d'acqua.

«Ci sediamo?».

«Sì, d'accordo».

«Cosa le posso offrire? Un caffè?».

«No» dissi ridendo.

«Perché ride, ho detto qualcosa di sbagliato?».

«No, non è lei. È una lunga storia, e non credo sia il caso di raccontarla. Comunque non bevo caffè, vorrei un tè… sì, un tè verde al gelsomino».

Mentre proferii quel desiderio mi scappò un'altra ridondante risata.

Anche lui rise di gusto e non se ne poteva fare a meno visto le condizioni della trattoria.

«Forse è il caso di darci del tu, non credi Elisabetta?».

«Sì, credo anch'io».

Seduta su un divano imbottito, poco utilizzato vista la polvere accumulata sui braccioli, sorseggiavo il mio tè di marca scadente. Mi accontentai intingendoci alcuni biscotti *"della nonna"*, non tanto per la loro fattura rustica, quanto perché così rinsecchiti che dovevano essere stati confezionati dalla nonna della proprietaria quando lei era ancora in fasce.

E *assaporando* quelle bontà, mi guardai intorno osservando l'arredamento della pensione che forse risaliva ai primi anni Sessanta.

Lui, con in mano uno scotch con ghiaccio, mi scrutava con aria da marpione, mentre io cercavo di sistemarmi i capelli umidi sperando di non averli del tutto scombinati.

La pioggia continuava a cadere e io mi sentivo meravigliosamente bene.

La follia di trovarmi in una locanda anonima, di fronte a uno sconosciuto, in un posto fuori dal mondo, mi faceva sentire un'adolescente pronta a vivere una delle più splendide ed emozionanti avventure.

«Scusa, se ti guardo e sorrido, ma questa situazione è grottesca. Avrei già dovuto essere all'agriturismo in compagnia di mia cugina e della sua famiglia, invece sono in un posto sconosciuto e se dovessi chiedere aiuto non saprei nemmeno comunicare l'esatta posizione».

«Hai paura di me? Non sono mica il lupo cattivo» mi disse, e con un colpo secco di mandibola frantumò un cubetto di ghiaccio.

"Questo è da vedere", commentai mentalmente.

«Non sarai il lupo cattivo delle fiabe, ma nemmeno possiamo dire di conoscerci bene. Anzi, per la precisione il nostro primo incontro è avvenuto circa due ore fa».

«Allora vuol dire che è arrivato il momento di approfondire. Mi chiamo sempre Duccio, sono un cardiologo, separato e senza figli».

Scoppiai in una sonora risata. Da quando avevo messo piede in quel posto non facevo altro che ridere. Ma la situazione era talmente buffa da suscitarmi un'euforia esplosiva. Avevo l'impressione di essere in uno di quei club dove vai per conoscere gente con la speranza di rimorchiare avendo a disposizione solo tre minuti per presentarti e fare colpo.

Per togliermi dall'estremo imbarazzo mi alzai e andai alla toilette.

Entrai in un bagno talmente angusto che ebbi difficoltà a chiudere la traballante porta a soffietto. A mio parere quello stanzino era stato progettato per farvi accedere esclusivamente taglie non oltre la 40. Scossi la testa per rimuovere questa stupida osservazione e mi guardai allo specchio. Mi tappai la bocca ed emisi un urlo soffocato di spavento. Avevo i capelli arruffati, il viso bianco cadaverico e il mio maglione era diventato più grande di quattro misure. Un personaggio buffo di un cartone animato, anche se in questo caso non avrei fatto ridere nessuno, semmai avrei suscitato solo compassione.

Cercai di ricompormi. Per fortuna, nella borsa avevo la mia pochette dove tenevo un rossetto color pesca e un fard che utilizzai per dare un po' di luce alle guance e soprattutto per avere le fattezze di un essere umano e nascondere l'aspetto di donna delle caverne.

Prima di uscire controllai per l'ennesima volta il rossetto, per abitudine lo stendevo sempre in modo poco preciso. E mi rammaricai di aver lasciato il profumo in valigia. Qualche goccia della mia fragranza alla vaniglia adesso mi avrebbe fatto conquistare dei punti in più.

Quando tornai, il mio sguardo cadde subito in basso. Sul tavolino c'erano due piattini con due porzioni di profiteroles.

«Spero di avere indovinato i tuoi gusti» mi disse Duccio sgranando gli occhi, forse, sorpreso nel vedermi con un aspetto più femminile.

Eccome se aveva imbroccato: il mio dolce preferito. E nonostante i miei sforzi di coprire il mio corpo, le mie rotondità, aveva intuito quanto fossi di buona forchetta.

«Non potevi fare scelta migliore» risposi con entusiasmo pregustandomi quella delizia.

Forse è vero quando dicono che il cioccolato è il cibo degli dei attribuendogli poteri speciali. Infatti, dopo aver gustato il secondo boccone mi lasciai completamente andare.

Gli raccontai tutto della mia vita e fu piacevole confidarmi con lui.

Ascoltava con interesse i miei problemi legati alla perdita dei miei genitori, al rapporto splendido con mia cugina, ai continui dissapori con la titolare dell'agenzia e al tormento che mi procurava l'ago della bilancia fin dall'adolescenza. Mi scrutava interessato senza distogliere per un attimo i suoi occhi dai miei.

A poche persone suscitavo un reale interesse.

Di solito, dopo due minuti, vedevo sulle facce degli interlocutori la fatica immane di soffocare sbadigli. Duccio, invece, era così preso dalla conversazione che per un attimo pensai si fosse addormentato con l'abile capacità di rimanere con le palpebre aperte e fisse. Per scuoterlo e per assicurarmi che fosse ancora lì con me, continuai alzando un po' il tono della voce.

«Ora sai tutto di me. Ti manca solo il mio codice fiscale e la password per accedere al mio conto bancario, ma su quest'ultimo non mi farei illusioni, ci troveresti ben poco».

Ridemmo all'unisono, subito dopo il mio sguardo si spostò sull'orologio.

«Mio Dio, dobbiamo andare. È molto tardi e devo anche avvertire mia cugina, ma ho il telefonino scarico da questa mattina».

Avrei voluto scomparire dalla faccia della Terra. Se poco prima il mio viso era bianco cadaverico, ora era diventato rosso fuoco.

Esplose in una risata. «Credevi che non me ne fossi accorto? Avevo capito. Stai tranquilla, usa il mio» mi disse porgendomi il telefonino.

Con la testa china presi il suo cellulare.

«Con sincerità ti dico, se le tue intenzioni sono di diventare un'attrice, non hai un grande futuro» aggiunse divertito.

Non so cosa farfugliai per giustificarmi, abbozzai una smorfia e mi spostai di alcuni metri per chiamare mia cugina.

«Si può sapere dove sei finita? Da dove stai chiamando? Perché mi appare numero sconosciuto?» urlò Paola.

Furbamente avevo fatto in modo di nasconderlo, almeno questo espediente sapevo metterlo in atto.

Se Paola avesse provato in un secondo momento a contattarmi a quel numero e avesse ascoltato la voce calda e sensuale di un uomo, sarebbe stata una tragedia apocalittica, non solo per me ma anche per il povero Duccio. Sì, dopo pochi minuti, una folta schiera di poliziotti armati fino ai denti avrebbe fatto irruzione nella locanda, buttando giù la porta e lanciando bombolette di gas lacrimogeni. Mentre sorridevo immaginando l'ipotetica e surreale scena, le spiegai, senza far trapelare alcun tipo di disagio, l'attuale situazione: cattivo tempo con fulmini e tuoni, strada bagnata, visibilità scarsa, auto vecchia e poco affidabile, come d'altronde sosteneva da anni, e me ne guardai bene d'inserire nell'elenco il mio fortuito incontro.

«Ora è troppo tardi per rimetterti in viaggio. Una donna sola in auto, al buio e con questo tempaccio. Potresti fare incontri pericolosi».

Mi gelai. Possibile che avesse già intuito?

«Ti conviene fermarti per questa notte, dormire lì e domani mattina presto ci raggiungi», continuò.

Per la prima volta fui felice di accettare l'accalorato consiglio di Paola.

7

«Allora? Tutto bene con tua cugina?».

«Sì, mi ha consigliato di dormire qui questa notte e di raggiungerli domani mattina. È così protettiva nei miei confronti. Ha paura che mi possa succedere qualcosa di brutto e soprattutto che possa incontrare persone poco raccomandabili».

Sottolineai quest'ultima frase, per assaporare la sua reazione, ma lui non raccolse, mi guardò con malizia e posò sul tavolino il suo bicchiere di scotch.

«Anch'io mi fermerò qui. Ormai è molto tardi».

Il mio cuore cominciò ad accelerare a tal punto che credetti che il battito potesse essere visibile attraverso il maglione. Tutto si stava componendo secondo un piano ben stabilito. Ogni tessera di quel fantomatico puzzle s'incastrava alla perfezione dando vita a una scena già da tempo elaborata nei miei sogni. Scioccamente, pregai che ci fosse solo una camera disponibile, ma visto il deserto intorno a noi e quel luogo così poco ameno, le mie speranze svanirono prima di formulare la supplica.

«Scusami, ma non dovevi andare dalla tua vecchia zia?» gli domandai sarcastica e con una punta di acidità, cercando un riscatto dalla mia figuraccia.

«Colpito e affondato! Siamo pari. E ora, che ne diresti di prendere possesso delle camere, di rinfrescarci e poi cenare?».

«Con una promessa, però. A cena mi racconti chi si nasconde dietro la zia attempata» puntualizzai sorridendo.

«D'accordo, ci sto».

La proprietaria della locanda, una donna sui settant'anni, esile, con un viso scavato e i capelli di un colore indefinito, frutto di una tinta artigianale riuscita male, ci consegnò le chiavi stupita dalla nostra decisione di prendere due camere diverse.

«Ecco le vostre chiavi» disse con voce rauca, sintomo di una quantità elevata di sigarette.

Apposi la mia firma su un registro consunto e salii nella stanza. La camera aveva un aspetto a dir poco orribile. Un armadio in tessuto con una cerniera arrugginita, un tavolino di legno scuro e malconcio addossato al muro, una sedia di paglia e la moquette coperta di macchie imprecisabili.

Con notevole sforzo aprii la piccola finestra per far arieggiare quei pochi metri quadrati con l'illusione che la pioggia carica di ioni negativi potesse purificare l'ambiente.

Poteva sembrare squallido e deprimente, ma in quella situazione, io vedevo tutto sotto una luce diversa. E nonostante l'umidità e l'intonaco che si scrostava dalle pareti, avevo la sensazione di essere nella camera lussuosa di un albergo a cinque stelle.

Rimpiansi di aver messo in valigia solo indumenti sportivi, ma non mi sarei mai aspettata di trascorrere una serata galante e romantica. Fui costretta a ripiegare su una camicetta e una gonna nera che riuscirono a rendermi presentabile. Peccato non aver portato con me delle scarpe con il tacco, che mi avrebbero slanciato un po'. Alla fine, mi *ammirai* in uno specchio opaco e sagomai la gonna sulle mie forme rotonde sperando che il colore scuro potesse farmi perdere almeno una taglia. La mia mente ogni tanto amava sostenermi con questi pensieri ottimistici.

Mi ricontrollai il trucco, spruzzai alcune gocce del mio profumo alla vaniglia e scesi.

Lo trovai già seduto al tavolo. Non indossava più la giacca, aveva optato per un altro maglione alla dolcevita, questa volta blu scuro. Eravamo stati lontano solo per pochi minuti, e quando lo rividi mi apparve ancora più bello.

Che cosa aveva combinato nella sua camera? Una semplice doccia poteva aver provocato su di lui effetti così strabilianti? A me questo non capitava mai.

Resettai quegli stravaganti pensieri.

Mi sorrise e si avvicinò al mio viso e per un istante m'illusi che volesse sussurrarmi all'orecchio: "Sei bellissima". Forse, pretendevo un po' troppo. Si alzò soltanto per sistemarmi la sedia e farmi accomodare.

Ordinammo pollo alla cacciatora e insalata. Non che ci fosse una grande scelta nel menu. In verità, non esisteva proprio la carta e non ordinammo un bel niente. Fu la titolare della locanda a propinarci quella pietanza, senza alcuna possibilità di poter decidere. Non un pasto da *gourmet*, però era accompagnato da un vino rosso, corposo del quale dedussi l'alto grado alcolico da come mi fece girare la testa già al secondo bicchiere.

«Allora? Mi dici dov'eri diretto? Non ho mai creduto alla scusa della vecchia zia».

Iniziò il suo discorso e fui ammaliata dalla sua voce calda, vellutata, e dal modo elegante di gesticolare.

Mi raccontò di una separazione difficile. Dopo dieci anni di matrimonio d'amore, così lo definiva lui, trovava inspiegabile il comportamento della moglie: spezzare tutto e rifarsi un'altra vita. Imputava il distacco al lavoro della compagna, una manager nel settore della moda, perennemente in viaggio, che lo lasciava solo per intere settimane.

«Il periodo dopo la separazione è stato devastante. Ho sofferto tantissimo, avevo perso ogni entusiasmo, ogni interesse. Non mi riconoscevo più allo specchio» raccontava con voce incrinata dall'emozione.

«Amavo moltissimo mia moglie e ho provato in tutti i modi a farle cambiare idea. Forse era subentrata quella routine, quella monotonia quasi normale dopo diversi anni di matrimonio».

Lo ascoltavo in religioso silenzio e, per non staccare gli occhi da lui e non perdere nemmeno un dittongo della sua conversazione, rimanevo con la forchetta sospesa a mezz'aria che alla prima pausa disponibile portavo alla bocca.

«Si possono distruggere dieci anni di matrimonio felice solo perché nel nostro rapporto si è insidiata una leggera monotonia?».

Fece una lunga pausa.

Forse, si aspettava una risposta da me. Ma sarà stato per il suo discorso così incisivo e intimo e per il vino molto pesante da annebbiarmi la mente, che non fui in grado di formulare una frase di senso compiuto. Mi limitai a deglutire e rimasi in silenzio.

Dopo aver fatto roteare il vino nel bicchiere, bevve un sorso e continuò.

«Mi ha lasciato in una fredda mattina di gennaio. Sai, la classica scena di una commedia americana. Solo che non era un divertente film con il tradizionale lieto fine, ma una vera tragedia. Mi sono svegliato, ho allungato la mano tastando la sua parte del letto e lei non c'era più. Svanita nel nulla. Sul cuscino, un biglietto di poche righe. Mi ha liquidato con un semplice foglietto. *"È preferibile finirla qui. Non mi chiamare, mi farò sentire io"*. Dieci anni della nostra vita racchiusi in un insulso pezzetto di carta».

In quell'istante, notai i suoi occhi lucidi, sicura che non avrebbe retto a tanta tristezza e che presto le lacrime sarebbero uscite.

Fece un lungo respiro per acquietarsi e addentò un pezzo di pollo. Masticò con estrema lentezza, con lo sguardo fisso su un punto imprecisato, sembrava stesse rivivendo la scena dell'abbandono nelle sue più dolorose sfumature.

Io non l'avrei mai lasciato solo. Era sensibile, rassicurante. Dal suo drammatico racconto si captava una profonda sofferenza, ma il suo sguardo enigmatico m'impediva di capire le sue reali emozioni. Accettava con rassegnazione l'amore finito o dentro di sé covava ancora la speranza di un ritorno?

Quanto avrei voluto confortarlo, ma cosa potevo fare? Quali parole potevano essere più adatte? Anche se mi sembrava di conoscerlo da secoli, era pur sempre uno sconosciuto e quella narrazione poteva essere frutto di una fervida fantasia. Chi mi dava la certezza? Dovevo essere cauta e non farmi illusioni. Stavo vivendo solo un sogno, un bellissimo sogno, e presto mi sarei risvegliata proprio alla mia scrivania scossa dall'arpia che inveiva per una pratica ancora non chiusa.

A ridestarmi dai miei contorti ragionamenti invece fu ancora la sua morbida voce.

«Quando oggi ci siamo incontrati, non avevo una meta precisa. Volevo staccare la spina, allontanarmi dal mio ospedale, dai colleghi, dagli amici, ma soprattutto dai miei pensieri. Avevo voglia di fuggire da un mondo in cui non mi ritrovo e che non mi appartiene più, e quando ti ho vista, è scattato qualcosa, ho sentito il desiderio di avvicinarti, di conoscerti».

«Forse, per te sono stata una piacevole distrazione». La mia frase stupida fu davvero fuori luogo, ma lui prontamente mi corresse.

«Ho sempre sostenuto che nulla accade per caso, e forse era destino che c'incontrassimo».

Abbassai lo sguardo e bevvi tremante l'ultimo sorso di vino.

«Credo che sia ora di andare a dormire. Hai visto la signora che sonnecchia sulla sedia?» disse ridendo.

«Sì, poverina, l'abbiamo costretta a fare le ore piccole».

Raggiungemmo le nostre camere attigue, al primo e unico piano, e prima di chiuderci nelle nostre stanze ci guardammo negli occhi.

Avrei voluto buttarmi tra le sue braccia e tenerlo
stretto al mio corpo e non lasciarlo più. Invece, mi
uscirono solo due parole alquanto scontate:
«Allora, buonanotte».
«Buonanotte Elisabetta, a domani».

8

Continuavo a rigirarmi nel letto, la giornata era stata così eccitante che non so dire quanta adrenalina circolava nel mio corpo. Ripercorrevo con la mente ogni singolo minuto che non avrei mai voluto più dimenticare.

Intanto, il diluvio non si placava. La stanza era rischiarata dai continui fulmini e la pioggia battente si scagliava contro i vetri della finestra.

Non riuscivo ad addormentarmi. Cercavo invano la posizione ideale per prendere sonno.

Accesi la lampada sul comodino. Mi alzai, ero molto agitata. Andai in bagno, bevvi un sorso d'acqua in un bicchiere di plastica appoggiato sul lavandino. L'acqua aveva uno strano sapore ferroso e mi chiesi se avessi fatto bene a berla, ma ormai era troppo tardi. Mi guardai allo specchio e la mia vocina interiore cominciò a tempestarmi di domande.

"E ora? Quali sono le tue intenzioni? Che cosa ti frulla in testa? Non commetterai sciocchezze?".

Non mi feci intimidire da quell'interrogatorio, e in ogni modo non potevo lasciarmi sfuggire quell'occasione, mai più si sarebbe ripresentata.

Una follia, ma avevo deciso di viverla. Forse Duccio aveva ragione. Nulla accade per caso, dovevamo incontrarci, il destino mi stava offrendo un regalo meraviglioso. Ora, toccava a me. Indossai la vestaglia, misi alcune gocce di profumo sul collo, e con il cuore che batteva all'impazzata uscii dalla camera e bussai con delicatezza alla porta di Duccio. Dopo alcuni secondi interminabili di attesa la porta lentamente si aprì.
«Elisabetta, cosa c'è? Non stai bene?».
Rimasi estasiata nel vederlo con indosso un pigiama di seta bordeaux che evidenziava i suoi pettorali scolpiti e non mi sarebbe dispiaciuto dare anche un'occhiata agli addominali.
«No, va tutto bene, ma non voglio rimanere sola questa notte. Sarà forse il temporale...» non completai la frase, la mia voce si spezzò dalla tensione.
«Dài, entra. Sei a piedi nudi, prenderai freddo».
Entrai nella sua camera, con la testa bassa, visibilmente imbarazzata trattenendo in vita la mia vestaglia. Avevo paura che si potesse intravedere qualcosa. Credo che anche lui non si sentisse proprio a suo agio.
Dopo alcuni sconcertanti minuti fatti di sguardi e di dolci sorrisi mi disse: «Vuoi dormire con me?».
Feci un leggero segno di assenso, mi levai la vestaglia e m'infilai sotto le coperte.

Lui mi seguì.

Il cuore mi batteva sempre più veloce. Non potevo crederci. Stavo davvero vivendo un sogno.

Ero a letto con un uomo. Possibile? Ormai non pensavo più potesse accadere.

Non successe nulla quella notte, ma la ricorderò come la più bella di tutta la mia vita.

Ci tenemmo per mano, senza dire una parola. Ognuno immerso nei suoi pensieri, nei suoi desideri, e ci addormentammo così, mentre il ticchettio della pioggia scandiva il ritmo di una notte meravigliosa.

Aprii gli occhi. Ebbi un leggero sussulto. Avevo paura di voltarmi. Presi coraggio e con estrema lentezza girai lo sguardo. Emisi un sospiro di sollievo. Lui era lì, dormiva placidamente. Quanto avrei voluto fermare il tempo.

Il chiarore dell'alba illuminava la stanza e una particolare luce si rifletteva su un quadro appeso al muro.

Un ramo di fiori secchi su un drappo celeste. Una semplice crosta, ma rimasi affascinata nel contemplarne le linee e i colori. Avvertire il calore e il respiro accanto a me di Duccio, rendeva tutto incantevole.

Anche quel piccolo quadro insignificante mi appariva come un dipinto di Monet.

Ero ancora presa dalle mie fantasie, un po' infantili, quando sentii la sua voce.

«Buongiorno».

«Buongiorno Duccio» gli risposi tirando il lenzuolo fino al collo, imbarazzatissima. Ma il suo dolce sorriso mi tranquillizzò all'istante.

«Che cosa stai ammirando con tanto interesse?» mi chiese mentre si stiracchiava in modo sensuale.

«Non pensi anche tu che quel quadro abbia qualcosa di speciale? Percepisco quasi il profumo dell'autunno».

Lo fissò per alcuni secondi, poi, con una lieve smorfia sulle labbra: «Per me è terribile, come del resto l'arredamento lugubre di questa stanza».

«Sì, forse hai ragione, ma adesso trovo tutto straordinario».

Mi accarezzò i capelli e poi il viso.

Fu in quell'attimo che realizzai di non avere un filo di trucco e immaginavo le condizioni disastrose dei miei capelli. Osceni e improponibili. Ma per la prima volta non diedi importanza al mio aspetto fisico. Ero felice, raggiante, il resto era secondario.

«Scendiamo a fare colazione? Ho una gran fame».

«Certo Duccio, ma prima volevo ringraziarti».

«Di cosa?».

«Di tutto».

Con uno scatto felino mi alzai e indossai la vestaglia infilando maldestramente le braccia nelle maniche e Duccio ancora a letto, mi osservava divertito dalla scena comica. Prima di uscire per tornare nella mia camera, lanciai un'ultima occhiata alla stanza. Volevo ricordare ogni minimo dettaglio, ogni particolare doveva rimanere impresso nella mia memoria. Indugiai su Duccio, sul suo sorriso e poi ancora qualche istante su quel quadro e volgendo le spalle, chiusi la porta.

Mi vestii e preparai la valigia con un nodo alla gola. Per nulla al mondo avrei voluto abbandonare quel posto. Ma tutti i sogni svaniscono alle prime luci dell'alba.

Facemmo colazione allo stesso tavolo della sera precedente. Aveva ordinato cornetti alla marmellata, di sicuro scongelati per l'occasione, e tè al limone che mi versò con modi amorevoli.

Tra noi due vi era una strana complicità, una segreta e sottile connessione.

Durante la colazione rimanemmo in silenzio. Qualsiasi parola sarebbe stata superflua. Furono i nostri sguardi a parlare, i nostri sorrisi appena pronunciati, i leggeri sfioramenti di mano.

Purtroppo, il mio viaggio doveva continuare, e questa volta senza di lui.

«Ti aspetto alla macchina».

«D'accordo, vado in bagno a controllare il trucco e arrivo subito».

Dopo aver esaminato allo specchio eventuali sbavature di rossetto, andai dalla signora per saldare il conto.

La proprietaria con un sorriso malizioso, i capelli spettinati e gli occhi cerchiati mi disse: «Ha già provveduto il suo amico».

Mi precipitai fuori.

«Non dovevi».

«Ma figurati, è una sciocchezza. E poi, se vogliamo dirla tutta, non hai dormito nella mia stanza? Era il minimo che potessi fare».

Scoppiai in una risata, ma subito mi rabbuiai. Sapevo che ognuno ora avrebbe preso la sua direzione.

«Allora, a presto» sussurrai malinconica.

«Credo che non ti sarà difficile raggiungere l'agriturismo, ormai mancano una trentina di chilometri».

«Non ho una grande voglia di arrivare all'agriturismo, se fosse per me...».

Mi sorrise.

«Sono stato bene questa notte, sei una donna dolcissima. Sono felice di averti conosciuta, Elisabetta. Quando sei venuta da me e ti ho visto in vestaglia, a piedi scalzi, volevo stringerti tra le braccia e...».

Lasciò in sospeso la frase. Avevo solo voglia di baciarlo e tenerlo stretto a me, ero spaventata dal pensiero di non rivederlo più.

«Duccio, ora, cosa succederà? Ti rivedrò ancora?».

«Perché no, se è destino, ci rincontreremo».

Mi baciò sulla guancia e mi sussurrò all'orecchio: «Tu hai il mio numero e io il tuo, però mi raccomando, tieni in carica il cellulare».

«Tranquillo, lo farò».

Salimmo nelle rispettive auto, ci guardammo negli occhi per alcuni secondi e poi, a malincuore, le nostre strade si divisero.

9

Non so cosa avrei dato il giorno prima per vedere quel benedetto cartello con scritto *"Cascina degli oleandri"*, ma ora mi infastidiva. Il pensiero di trascorrere le ultime ore di quel fine settimana con mia cugina e la sua famiglia, mi rattristava.

Entrai sul viale, vidi Paola, suo marito e i miei nipoti venirmi incontro e mi preparai a recitare la parte della povera sopravvissuta a una tragica avventura.

«Finalmente! Ancora un po' e ti avremmo data per dispersa. Pensa, erano già state organizzate squadre di ricerche con i cani molecolari».

Giulio non perdeva mai il suo umorismo che utilizzava spesso per stemperare la tensione.

Invece, mia cugina mi colpì in un altro modo.

«Betta, sono stata tanto preoccupata. Ho trascorso una giornata infernale. Ma va tutto bene? Non so, hai un'espressione strana».

Eravamo alle solite, Paola con quel suo particolare fiuto sembrava aver già capito tutto.

Ero quasi tentata di raccontarle del sabato appena trascorso, d'altronde avevo trentotto anni e nessuno aveva il diritto di giudicare i miei comportamenti forse leggermente avventati, ma del tutto coscienti.

Non le riferii nulla. Ancora troppo presto per agitare mia cugina. Se le avessi rivelato di aver dormito con uno sconosciuto mi avrebbe considerato non solo un'irresponsabile e un'immatura, ma anche una poco di buono.

Avrei potuto scommettere sulle frasi di repertorio che Paola avrebbe utilizzato: *"Per fortuna, i tuoi non potranno mai saperlo... È scandaloso... Siamo una famiglia perbene"*. E tante altre.

L'abbraccio caloroso dei miei nipoti e l'ostinazione del più piccolo di farmi visitare l'agriturismo e, soprattutto, di presentarmi un pony - l'attrazione di maggior interesse in quel luogo - mi fecero desistere dal descrivere i particolari del giorno precedente, e mi dedicai a loro.

Dopo aver pranzato, approfittando di un pisolino dei bambini, mi sedetti su una panchina ai bordi di un laghetto artificiale. Paola mi raggiunse e mi appoggiò sulle spalle uno scialle di lana.

«La pioggia di stanotte ha abbassato di parecchi gradi la temperatura».

«Già… credo» risposi sovrappensiero.

«Betta, che cos'hai? Da quando sei arrivata hai un viso triste, malinconico, sembri appena tornata da un funerale. Pensavo che questa gita ti avrebbe fatto piacere, ma mi sbagliavo. Poi, hai vissuto questa spiacevole avventura».

Mia cugina, nonostante le sue doti infallibili, non immaginava il regalo che mi aveva fatto invitandomi a trascorrere con lei quei giorni.

«È solo che mi manca una persona» mi uscì di getto questa frase, ma ormai era troppo tardi per retrocedere.

«Non mi dire che ancora pensi a quel tipo. Si chiamava… Ah sì, Giuseppe».

Non sapevo cosa inventarmi, ora Paola attendeva impaziente un nome.

«Ma no. È che mi sento sola, manca un uomo nella mia vita».

«Lo so, ma presto vedrai che arriverà anche per te qualcuno di speciale che ti farà innamorare e non scapperà senza lasciare tracce».

Mi abbracciò sistemandomi con cura lo scialle.

«Ora, scusami, vado a vedere se le pesti si sono svegliate».

Si alzò appena in tempo. Non potevo più trattenere le lacrime. Mi affliggeva il pensiero di non rivedere più Duccio e di archiviare la notte precedente solo come una splendida avventura.

Quel lunedì mattina in agenzia fu davvero tragico. Non avevo alcuna voglia di ascoltare le prediche e le ramanzine della titolare. Ero talmente nervosa e suscettibile che sarebbe stata sufficiente una piccola scintilla per mandarla al diavolo. A questo si aggiunsero le continue domande infide delle mie colleghe sul fine settimana appena trascorso.

«Allora ti sei divertita con tua cugina e i tuoi nipoti? Dài, raccontaci di questi due giorni!» furono i quesiti della più maligna del gruppo.

Sarebbe stata per me una grande rivincita raccontare loro la mia splendida avventura con un uomo affascinante e straordinario. Ma quella storia apparteneva a me. Anzi a noi. Dovevo proteggerla e non svilirla. Andava oltre a un semplice pettegolezzo buttato lì dal parrucchiere tra uno shampoo e una tinta.

Raccontai di un sereno weekend. L'agriturismo immerso nella natura, le varie attrazioni e un delizioso laghetto mi avevano consentito di rilassarmi, nonostante i capricci e le pretese assurde dei miei nipoti.

«Quindi nulla di eccitante?» mi chiese la mia dirimpettaia di scrivania che quel giorno aveva sulle labbra un rossetto rosso fuoco e indossava una camicetta verde con un'ardita scollatura che lasciava intravedere le sue tette rifatte. E mi domandai che tipo di clienti stesse aspettando.

«No, nulla. Lascio a voi tutti i brividi» risposi con astio.

I loro sarcastici commenti non mi scalfivano neanche un po' e poi, quella mattina, avevo l'impressione che non esistesse più nessuno. La titolare, le colleghe e i clienti, solo figure astratte. Catapultata in un altro mondo, aspettavo impaziente una telefonata di Duccio.

Di nascosto, ogni mezzora accendevo il telefonino per verificare la presenza di chiamate perse o di messaggi.

La quarta volta l'arpia mi sorprese.

«Elisabetta, sai benissimo che il cellulare in agenzia deve essere spento e non impostato in modalità silenziosa. Non è la prima volta che ti vedo armeggiare con il telefonino».

"Modalità silenziosa", non le sfuggiva un capello.

«Sì, ha ragione, ma aspetto una telefonata urgente da mia cugina e controllavo se ci fossero…».

«Se non sbaglio tua cugina conosce bene il numero dell'agenzia. Non è così?» disse con tono appagato.

Abbassai lo sguardo, continuai il mio lavoro e imprecando sottovoce riposi il telefono nella borsa.

Quando uscii per la pausa pranzo accesi il cellulare con la speranza di trovare almeno un messaggio, mi sarei accontentata di un semplice: *"Ciao, tutto bene?"*.

Nulla.

Quella vocina dentro di me, la stessa che mi seguiva da una vita intera m'implorava di non farmi illusioni. Forse, era già tanto aver vissuto una notte meravigliosa. Cosa pretendevo? I miei compagni di liceo mi avrebbero detto che non potevo avere aspettative con quel mio sedere grosso da far paura.

Tutte le mie insicurezze si ripresentavano con la forza di uno tsunami. E ricadevo ancora nella mia angoscia e solitudine. D'altronde, cosa era accaduto? Chi ero io per Duccio? Una completa sconosciuta, un'anonima taglia forte, o per dirla più elegantemente, una curvy che aveva incontrato per caso a un distributore di benzina, provando forse solo un senso di tenerezza.

Avrei potuto chiamare io, ma con quale coraggio? Già avevo osato infilarmi nel suo letto. Forse, la paura del temporale, o meglio i tre bicchieri di vino dall'elevato tasso alcolico mi avevano permesso di perdere completamente la ragione.

Aspettai fino a sera di ricevere un segno. Controllavo il cellulare di continuo, un po' come si faceva da adolescenti con il telefono fisso. Nell'attendere una chiamata importante, quella del cuore, ci si accertava che la cornetta fosse ben allineata sulla base. Lo tenni acceso tutta la notte. Per me Duccio poteva chiamare a qualsiasi ora. Nulla. O meglio, arrivò una telefonata da un numero sconosciuto. Un'operatrice dall'accento strano mi propose di attivare una nuova fornitura di energia elettrica.

Non ricordo cosa risposi alla sua *entusiasmante* proposta, ma il tono che usai fu alquanto sgarbato.

Avevo il terrore di comporre il suo numero, anche in forma anonima. Mi atterriva l'idea che una voce metallica e registrata mi rispondesse: "*Il numero da lei chiamato è inesistente*". Avrei perso ogni speranza, invece volevo illudermi per l'ennesima volta. Duccio non era stato un miraggio.

Dovevo attendere. Non avevo fatto altro da trentotto anni. Perché non ora?

10

Erano trascorsi tre giorni e di Duccio nemmeno l'ombra. E quel miraggio nel deserto adagio svaniva lasciando il posto a tanta nostalgia e amarezza. Mi rincuorava il non aver raccontato nulla a mia cugina, almeno ora mi risparmiavo un: *"Cosa ti avevo detto? Non mi ascolti mai. Fai sempre di testa tua"*.

Non avrebbe avuto tutti i torti. Pensavo di vivere un amore di quelli che ti fanno perdere la cognizione del tempo e ti rendono viva, ti sconvolgono l'esistenza e vorresti gridare al mondo la tua felicità. Ancora una volta ero smentita dai fatti.

«Elisabetta, mi puoi spiegare il motivo per cui i biglietti dei signori Rasi non sono arrivati a destinazione? La spedizione doveva essere effettuata due giorni fa, ma noto che in questa agenzia si pensa a tutto tranne che a svolgere i compiti assegnati».

Scaraventai il mio computer contro la parete, rovesciai la scrivania e le mollai un ceffone di quelli che lasciano il segno.

Tornai di colpo alla realtà.

La scena onirica scaturita dalla mia mente stressata si era già dissolta. Per cominciare presi un respiro, stampai sul viso un sorriso di circostanza e tentai di risponderle con garbo.

«Non so, era tra le mie mansioni spedire quei biglietti? Non sono io a occuparmi dei signori Rasi, chieda piuttosto alle mie colleghe». Eppure, i nostri corpi avevano tanto in comune. Allora perché infieriva? Si rivedeva in me? Ero la sua maledetta immagine riflessa da mandare in frantumi?

Non si fece intimidire dal mio tono, anzi, rincarò la dose.

«Non m'interessa a chi tocca spedire i biglietti, a me preme solo soddisfare le richieste dei clienti al meglio. Ci siamo intesi Elisabetta?».

A quel punto dovetti capitolare.

«Ci mancherebbe. Ora recupero la pratica e provvedo subito a risolvere il problema».

Mi misi alla ricerca di quei benedetti biglietti mentre una delle mie colleghe sogghignava divertita.

La fulminai con uno sguardo che lei non raccolse e si rimise al computer non prima però di essersi data una sostanziosa ravvivata ai capelli.

Appena uscita esausta dall'agenzia, accesi il cellulare senza farmi troppe illusioni e dopo alcuni minuti squillò. Avvertii un tremore per tutto il corpo: sul display era apparso il nome di Duccio.

«Sto provando a chiamarti da questa mattina, non mi dire che avevi ancora il telefono scarico».

«No, mi ero dimenticata di dirti che in agenzia non ci è permesso tenere acceso il cellulare».

«Scusa se non ti ho chiamato in questi giorni, ma in ospedale ho avuto il mio bel da fare. Però, anche tu, una telefonata potevi farmela».

Quanto ero stata stupida. Le mie insicurezze influenzavano negativamente la mia vita. Per non avere avuto il coraggio di telefonargli avevo rischiato di non sentirlo più.

«Hai ragione. Anch'io in agenzia sono stata molto impegnata, ma ora sono felicissima di sentirti» dissi con il cuore accelerato al massimo.

Ci fu un attimo di esitazione, pensavo fosse caduta la linea.

«Elisabetta, ho pensato molto all'altra notte, ho voglia di rivederti. Potremmo incontrarci di nuovo in quella pensione per trascorrere il fine settimana insieme…».

Rimasi senza parole.

«Abbiamo ancora tante cose da raccontarci» continuò.

Non era un sogno, era tutto vero. Duccio mi stava chiedendo di trascorrere insieme il weekend. Stava invitando me, quella derisa da tutti, quella con il

sedere grosso e le smagliature sulle cosce. Lui poteva avere accanto a sé donne avvenenti, ma voleva me. Aveva scelto me.
«Non vedo l'ora, e questa volta non mi perderò», gli risposi veloce prima che cambiasse idea.

Al mio ingresso, la bettola mi sembrò un resort di lusso. Non avvertii nemmeno più quel tanfo di carne andata a male o di soffritto di cipolle, se mai un vago profumo di zagara.
La mente, quando vuole, riesce a creare scenari incantevoli. La proprietaria appena mi vide abbozzò un ghigno ironico e mi disse: «La solita camera?».
«Sì» risposi, cercando di intuire cosa potesse pensare di me: una moglie insoddisfatta, una donna avventurosa o ancora peggio una semplice escort "taglia forte".
«Il suo amico è arrivato da dieci minuti. È già nella stanza» aggiunse porgendomi la chiave.
Alla sua frase, ignorai ogni ipotetico giudizio e con un sorriso solare mi precipitai al piano di sopra.
Non entrai nella mia camera, ma bussai con frenesia alla porta di Duccio.
Quando mi aprì non mi trattenni e mi buttai tra le sue braccia.
Meraviglioso sentire il suo abbraccio stretto, caldo, passionale.

Mi prese il viso tra le mani e mi diede un leggerissimo bacio sulle labbra.

«Sei bellissima Elisabetta».

Per fortuna, la seduta dal parrucchiere e il passaggio dall'estetista avevano dato i loro frutti, e mi consolai di aver speso quasi metà del mio stipendio per essere bella per lui.

«Cosa mi sta succedendo, Duccio? Non ho mai provato una simile emozione. Forse è da pazzi, ci conosciamo appena. Anzi, non so nulla di te. Posso essermi già innamorata?».

Ancora una volta avrei voluto morsicarmi la lingua. Cosa stavo dicendo? Rischiavo di rovinare tutto con frasi da ragazzina alla prima cotta.

Lui mi sorrise e mi accarezzò i capelli.

«Non posso risponderti Elisabetta perché non so cosa stia accadendo a te, so invece cosa sta succedendo a me».

Una scarica di sensazioni strane invase il mio corpo. Lo fissai negli occhi intimorita da come avrebbe continuato il suo discorso.

«Dopo la sofferta separazione da mia moglie, avevo deciso che per un po' non avrei ceduto a nessuna relazione. Volevo stare da solo per riflettere e capire i miei fallimenti. Ma quando ti ho vista a quel distributore così indifesa e spaventata, con quel maglione largo a dismisura, è scattato qualcosa. Sono rimasto affascinato dalla tua

semplicità, dalla tua dolcezza e sono felice che tu abbia accettato il mio aiuto. Non volevo lasciarti andar via... E poi, il destino ha fatto il suo corso».
Mi sentii al settimo cielo. Non poteva essere diversamente. E la sensazione di camminare sulle nuvole mi confermò il mio stato di estasi. Avevo solo paura che sparisse con la stessa velocità con cui era apparso.
«Dimmi che è tutto vero. Non ti stai prendendo gioco di me? Sono stanca di illudermi per poi soffrire».
«Non ho alcuna intenzione di farti del male».
Mi abbracciò e mi baciò con passione. Un bacio lungo, intenso, scioccante.

In quei due giorni compresi che la *felicità* esiste. Eravamo una coppia di ragazzini allegri e spensierati con una voglia di vivere appieno quel meraviglioso weekend. Ci sembrò sciocco l'avere prenotato due stanze. Così, restituii la mia chiave. La proprietaria non fece alcuna obiezione e l'appese di nuovo sul pannello.
Non ero mai stata così felice. Duccio mi poneva al centro dell'universo, avevo persino dimenticato i miei chili di troppo. E anche se non indossavo una minigonna e non mostravo una generosa scollatura con relative tette rifatte, mi guardava incantato

facendomi sentire una *miss* appena uscita da un concorso di bellezza.

È vero, nella vita non bisogna mai disperare e qualcosa di buono, anzi di fantastico, prima o poi arriva.

Decidemmo di visitare i dintorni del posto. Non so cosa avremmo potuto ammirare in quella località sperduta, ma non importava, con Duccio era tutto semplicemente magico.

Durante le nostre escursioni ci imbattemmo in una piccola chiesa abbandonata risalente, da come illustrato in un cartello, al XV secolo. Il silenzio intorno a noi e la luce del tramonto rendevano il luogo suggestivo e romantico. Ci sedemmo su una pietra e nell'appoggiare la testa sul petto di Duccio ebbi la prova di ciò che affermano alcuni studi: i cuori degli innamorati battono all'unisono e con la stessa frequenza. Rimanemmo seduti per un tempo infinito. I miei occhi incollati ai suoi. Cosa potevo desiderare di più? Ero così contenta che mi scese una lacrima sul viso.

«Perché stai piangendo?» mi chiese.

«Non posso credere che mi stia accadendo questo. Nella vita ho ricevuto solo umiliazioni tanto da pensare che fosse il mio triste destino. A parte le dimostrazioni di amore della mia famiglia, non ricordo da altri una parola gentile, una carezza, un abbraccio sincero. Sono sempre stata il bersaglio di scherzi stupidi e umilianti. E ho ben impresso nella memoria i sorrisi appagati di chi gode nel farti del male. Con te ora è tutto diverso. Sono in una dimensione irreale, a un tratto le mie giornate procedono al rallentatore e ho finalmente la possibilità di cogliere quanto di bello ci possa essere nella mia esistenza».

Mi avvolse in un abbraccio e per alcuni secondi, pensai che non volesse più staccarsi da me.

«Ora, non soffrirai più, Betta. Te lo prometto».

Tornammo alla locanda molto tardi, mano nella mano e sorridenti in volto.

«Vi stavo aspettando per la cena» ci bloccò la proprietaria con aria spazientita.

«Grazie» rispondemmo insieme.

«Ho preparato del roast beef con un contorno di patate e piselli».

«Allora cucina anche qualcosa di diverso» sussurrai, o almeno pensai di averlo fatto dato che la signora mi guardò con aria imbronciata.

Ma quella sera a tavola, a tutto pensammo tranne al pasto.

Vi era un'atmosfera elettrizzante. Qualcosa si muoveva dentro di me e questa volta non era il mio stomaco che reclamava cibo. Una sensazione eccitante s'irradiava in ogni mia fibra, dandomi la sicurezza che anche Duccio provasse le mie stesse emozioni.

Lasciammo quasi metà del roast beef nei piatti e, per un tacito accordo, ci alzammo in piedi di scatto per raggiungere la nostra camera. Per la fretta, feci cadere a terra un bicchiere di vetro che si frantumò in mille piccoli pezzi. Guardammo il danno provocato ed evitando i cocci salimmo di corsa la rampa di scale sotto gli occhi stupefatti e un po' furiosi della *simpatica* signora.

La mattina seguente fui svegliata dal cinguettio degli uccelli. Aprii gli occhi e subito realizzai il contatto tra le lenzuola e la mia pelle nuda. Provai un brivido, ma non di freddo. Duccio non era accanto a me. Il mio cuore accelerò i battiti finché mi rassicurai nel sentire l'acqua della doccia scrosciare nel bagno. Trascorsi alcuni secondi mi apparve Duccio avvolto solo da un asciugamano attorno alla vita. Si buttò sul letto e mi baciò con la sua solita passione.

Chiusi gli occhi e rividi scorrere le immagini della notte appena trascorsa. Le sue mani che mi stringevano, che mi avvolgevano e che lentamente mi spogliavano. Vidi i nostri corpi fondersi senza pudori, e tutto intorno a me girare veloce al ritmo di una danza sfrenata.

Non era stata un'allucinazione. Era accaduto davvero. La mia prima volta. Non potevo sognarla più intensa, più passionale. Mi aveva colpito la sua

dolcezza, il suo tocco. Lui così forte, possente e nello stesso tempo delicato, aveva saputo farmi sciogliere, superare qualsiasi inibizione... e senza aver bevuto nemmeno un goccio di vino.
Ripartimmo nel pomeriggio. Il sole stava per tramontare. Ci staccammo controvoglia dopo un lungo e stretto abbraccio e un bacio da far girare la testa. Chiusi nelle rispettive auto, ci rivolgemmo ancora un ultimo sguardo. Questa volta non avevo paura di perderlo, avrei solo aspettato con ansia di rivederlo.

11

«Tu sei pazza! Non può essere altrimenti, sei pazza! Davvero un giorno ti farò internare in un istituto lontano, ma molto lontano, e ti giuro che non mi rivedrai più».

Prevedibile la reazione di mia cugina.

Stavo vivendo qualcosa di speciale, di unico e volevo condividerlo con una delle persone più importanti della mia vita.

Con la sua rigidità mentale Paola non capiva quanto di bello ci potesse essere nella mia storia. Il mio rapporto non si riduceva soltanto a una notte di sesso. Vi era un amore profondo, un sentimento vero.

«E sei riuscita a capirlo in quanti giorni? Elisabetta, tu sei fuori di testa, nemmeno un'adolescente si sarebbe comportata così. È assurdo. Sei la mia più grande delusione, sto provando un forte dolore».

«Perché mi stai facendo questo, Paola? Ti senti delusa da me? Io non ho fatto nulla di così disdicevole. Mi stai trattando peggio di una escort interessata ad accalappiare uomini facoltosi».

«È per il tuo bene. Chi è Duccio? Cosa fa? Da dove viene? Concederti al primo sconosciuto che passava da quel maledetto distributore. Una pura follia».

«Duccio non è uno sconosciuto» replicai ostinata.

«Ah no? Allora ti svelo il finale di questo film romantico. Dopo il divertimento, sparirà senza lasciare tracce. Ti ricordi Giuseppe? Sì, esatto, e tu rimarrai di nuovo sola e non ci sarò più io a consolarti».

Mia cugina come una mitragliatrice continuava a inveire con i suoi giudizi saccenti, senza capire le motivazioni che mi avevano spinto a vivere questa relazione.

«Tu sai il bene che ti voglio, ma non puoi credere di aver incontrato il principe azzurro».

Stanca di ascoltare le sue prediche, sfogai tutta la rabbia accumulata.

«Certo, per te è facile! Tu sei bella, intelligente, hai un marito, due figli fantastici e una casa da favola».

«Sì, è vero. E non vado a letto con il primo che passa».

La sua battuta fu una mannaia. Forse non pensava a ciò che aveva detto, ma ora era troppo tardi.

Con le lacrime agli occhi e di sicuro paonazza in volto, mi alzai di scatto dal divano e la guardai dritta.

«Ascoltami: d'ora in poi ti proibisco di entrare nella mia vita. Ho trentotto anni e non ho bisogno di una cugina che mi suggerisca cosa devo fare. Lasciami vivere e non ti occupare più di me!».

Lei mi afferrò per un braccio, ma mi divincolai dalla sua presa e, senza darle l'opportunità di replicare, uscii sbattendo la porta.

Tornai a casa. Mi buttai sul letto e continuai a piangere. Non volevo credere alle parole di mia cugina. Duccio era una persona straordinaria e non mi avrebbe mai fatto soffrire. Un giorno, forse, Paola avrebbe capito, ma per il momento decisi di tenerla lontano dalla mia sfera sentimentale. Mi sentivo triste e oppressa. Avvertivo un senso di vuoto, stavo precipitando, senza alcuna rete di salvataggio, in un pozzo freddo e scuro.

Dal cassetto del comodino tirai fuori una foto dei miei genitori. Erano in posa, abbracciati stretti, sorridenti e un po' scapigliati, davanti all'obiettivo. Quella fotografia risaliva a un loro viaggio in Grecia in una giornata particolarmente ventosa.

La sfiorai con delicatezza, quasi a voler percepire o, meglio, stabilire con loro un contatto.

«Quanto mi mancate. Siete andati via così presto, mi avete lasciato da sola in un inferno con le mie insicurezze, le mie fobie e con i miei chili di troppo da combattere. Prendo il tutto con una dose di sano umorismo, ma a cosa serve? Sono stanca, davvero stanca di lottare, di difendermi. Se sparissi forse sarebbe meglio, e nessuno noterebbe la mia assenza. Lo so, c'è Paola. Lei mi protegge, mi aiuta, mi consola, ma ora vorrei avervi qui, accanto a me».

Mi asciugai le lacrime, fissai ancora per qualche secondo la foto e poi la riposi nel comodino.

"Non puoi credere di aver incontrato il principe azzurro. Chi è Duccio? Cosa fa? Da dove viene? Dopo il divertimento, sparirà senza lasciare tracce".

Le frasi di mia cugina girarono nella mia mente tutta la notte. Appena cercavo di prendere sonno le risentivo, e ogni volta provavo una stretta allo stomaco. Rimasi sveglia fissando il soffitto e sforzandomi di dare un senso a quelle parole.

Questa volta, però, le sue doti divinatorie non mi avrebbero scalfito. Avrei difeso la mia storia con Duccio con tutte le forze. Era stata la prima persona a farmi sentire sicura e a rendermi felice.

Sin da piccola tutti avevano giudicato il mio aspetto. Alle feste ero sempre in disparte e nessuno voleva ballare con me per non sentirsi in imbarazzo. E spesso non venivo nemmeno invitata. Ricordo le scuse puerili e vergognose delle mie compagne.

«Giovanna non ti ha detto di venire? Si sarà dimenticata, lo sai che ha la testa tra le nuvole. Comunque, ci saranno altri compleanni».

È vero, arrivavano altre ricorrenze, ma si ripeteva lo stesso copione. Si vergognavano di me, avrei rovinato la festa. Quanti pianti chiusa nella mia camera. E gli sguardi cattivi li sentivo addosso in qualsiasi luogo. Perfino in pizzeria. Venivo relegata in fondo al tavolo tipo un'appestata e derisa perché mangiavo i bordi della pizza. Mi guardavano di soppiatto e ridevano quando ordinavo anche il gelato con una montagna di panna. Forse, è vero, avrei dovuto stare più attenta, seguire una dieta rigorosa e non iniziarla e smetterla dopo un mese senza aver perso nemmeno un grammo, ma nessuno aveva il diritto di offendermi solo perché a fine pranzo nel mio

piatto non rimaneva nemmeno una briciola.

«Però sei uno spasso!». Questo, il complimento più bello ricevuto da un mio compagno del liceo. Non si sa per quale arcano motivo la cicciona deve essere sempre di buon umore e mettersi in mostra esibendo la sua risata debordante. Sì, perché se non sei bella, devi essere simpatica e se non sei nemmeno divertente, per te è davvero finita.

Io non volevo essere accettata dagli amici e dai compagni per il mio senso dell'umorismo, né tantomeno fare il clown per compensare il mio fisico abbondante. Volevo che gli altri rispettassero i miei chili e la mia cellulite. Solo questo chiedevo. Troppo? Forse per gli altri sì.

Anche in agenzia, per spezzare la fame, mentre le colleghe facevano apparire dalle loro borse come conigli da un cilindro barrette integrali, succhi di frutta energetici o gallette di riso, io, di nascosto, barricata dietro il monitor del computer, addentavo un panino con il salame che occultavo sapientemente appena una *bellina* arricciava il naso a causa dell'intenso profumo.

Con Duccio era tutto diverso. Sembrava quasi non si accorgesse dei miei chili, del mio *leggero* sovrappeso, non mi guardava disgustato mentre mangiavo con il solito entusiasmo un piatto di pasta e divoravo a fine pranzo una porzione di profiterole o di tiramisù. Ai suoi occhi forse apparivo magra o, senza esagerare, in forma. Era stato il primo a farmi sentire desiderata, bella.

Mi amava per il mio essere senza filtri e schermi.

Amava me, Elisabetta.

In agenzia, forte dell'approvazione di Duccio, ora non avevo più timori a trangugiare il mio panino imbottito. E se una collega gettava l'occhio nauseato prima sul mio *spuntino* e poi sul mio corpo, rispondevo con un generoso sorriso sperando che esprimesse per l'appunto il mio pensiero: *"Mangio il mio panino e sono felice!"*.

Intanto, Paola continuava a lasciarmi messaggi nella segreteria telefonica. Si scusava per il suo comportamento irruente, per i suoi modi bruschi e si pentiva di aver detto quelle cose. M'invitava a richiamarla.

«Vedrai, tutto si aggiusta» mi ripeteva.

Che cosa si doveva aggiustare? Stavo vivendo un periodo meraviglioso, avevo incontrato l'uomo dei miei sogni e per la prima volta mi ero impossessata della mia vita, ma per mia cugina era soltanto una situazione da *accomodare*. Volevo un bene da morire a Paola, da sempre mi aveva aiutato con i suoi preziosi consigli, ma era ormai arrivato il momento di camminare con le mie gambe e affrontare il mondo, gioire e sbattere anche la testa contro il muro, ma da sola. Non potevo ogni volta rifugiarmi nelle sue braccia. Svegliata da uno stato di letargo durato forse a lungo, ora desideravo recuperare il tempo perduto. Anch'io meritavo di essere felice. Lo volevo a tutti i costi. Con convinzione cancellai la registrazione del suo messaggio.

Non aspettavo altro che una telefonata del mio tesoro.

12

Seguirono altri splendidi weekend in quella locanda sperduta. Non so perché ci incontravamo sempre in quel posto, forse ci faceva sentire protetti. Colmo di momenti indimenticabili, lì era nato il nostro amore. Quel luogo ci apparteneva.

Ogni volta, al mio risveglio, vedendo davanti a me il quadro, quel ramo di foglie secche che ormai attribuivo a Monet, mi sentivo felice. Sapevo di trovarmi in uno stato celestiale. Avevo accanto un uomo incantevole e adoravo guardarlo mentre dormiva raggomitolato. Uno spettacolo troppo bello. E per avere la certezza di non sognare m'infilavo tra le sue braccia muscolose.

Quella mattina facemmo colazione a letto. Fu una richiesta traumatizzante per la proprietaria, ma considerata la bassa stagione e la nostra presenza assidua, ci avrebbe servito anche caviale, ostriche e champagne.

«Continui a guardare quel quadro con tanta insistenza».

«Sì, più lo guardo e più mi sento bene. Mi ricorda questa stanza, il nostro incontro. Mi ricorda te».

«Allora, visto i suoi effetti benefici, vorrà dire che chiederò alla signora di vendermelo, così potrai appenderlo a casa tua».

«No, il suo posto è qui. In questa stanza. E vorrei che altre persone guardandolo vivessero le mie stesse magiche emozioni».

«Siamo in pieno romanticismo. È questo che mi fa impazzire di te. Ti amo, Betta».

«Ti prego ripetimelo, ti prego».

«Se vuoi, te lo ripeterò all'infinito».

Quella domenica decidemmo di rimanere a letto e tra passione e sguardi languidi parlammo ancora di noi.

«Le nostre vite un po' sono simili» mi disse mentre mi accarezzava i capelli.

«Non credo proprio. Lo sai, la mia adolescenza è stata un inferno e ancora oggi devo combattere contro i pregiudizi e l'ignoranza della gente. Non penso che tu abbia sofferto i miei patemi d'animo e credimi, sono felice per te» gli risposi con un mezzo sorriso.

«Ti sbagli, Betta. Forse, non ho subìto discriminazioni riguardo al mio fisico, ma anch'io ho avuto la mia buona dose di afflizioni».

Aspettavo con impazienza che continuasse, ma nella stanza per alcuni minuti calò il silenzio. Poi, Duccio riprese a parlare con la voce incupita dai ricordi.

«Non eravamo una famiglia agiata. Mia madre si arrangiava con qualche lavoretto di cucito, mentre mio padre passava più tempo a correre dietro alle donne che a lavorare».

Con gli occhi lucidi e tirando su con il naso poggiai la testa sulla sua spalla e avvertii il battito del suo cuore accelerare.

«Ho visto mia madre tormentarsi in silenzio, incassare i colpi senza reagire a quei tradimenti meschini e vigliacchi. E con gli anni ho compreso che lo faceva per me. Non voleva arrecarmi altre oppressioni. Desiderava soltanto la mia felicità, mentre io nascondevo la mia disperazione e la mia rabbia nei confronti di quell'uomo egoista e infedele. Spesso mi chiudevo in un piccolo sgabuzzino e tra quelle quattro mura, circondato da secchi, scope, stracci, respirando un'aria ammuffita sfogavo tutta la collera, convinto di non essere udito da mia madre. Ma lei mi capiva da uno sguardo. Mi amava con tutta se stessa e provava in ogni modo a compensare la mancanza di mio padre».

«Mi dispiace Duccio, deve essere stato terribile».

«Sì, è stato doloroso. Ma sai cosa mi dava la forza di reagire? Il futuro. Già da piccolo avevo le idee chiare. Mi dicevo: diventerò un bravo medico, guadagnerò e ricompenserò mia madre di tutti i sacrifici. Ho lavorato anche in un panificio per mantenermi agli studi. Mi svegliavo alle quattro del mattino e spesso all'università, durante le lezioni, mi appisolavo sul banco distrutto dalla stanchezza. Ma non ho mai mollato. A tutti i costi dovevo riscattarmi. A proposito… se ti va, uno di questi giorni posso prepararti una deliziosa focaccia al rosmarino oppure una pizza. Sono bravissimo».

Tra le lacrime mi scappò una risata e lo abbracciai stretto, affondando il viso nell'incavo del suo collo.

«E ho raggiunto i miei obiettivi. Ancora oggi sono felice di poter donare a mia madre tutto ciò che il destino le ha privato. Vedere il suo volto sorridente mi riempie di gioia».

«Sarà davvero orgogliosa di te».

«Sì, lo è».

«E tuo padre?» gli domandai a bassa voce.

«Non lo so, credo che stia con un'altra donna e ormai non lo vedo da anni. Ci ha arrecato tanta sofferenza… è preferibile che ognuno viva la sua realtà. Non gli auguro nulla di male, non m'interessa cosa fa o dove vive, voglio solo che stia lontano da me e da mia madre. E se un giorno avrò un figlio, gli donerò tutto l'amore che non ho ricevuto da lui».

«Saresti un padre eccezionale. Sei meraviglioso Duccio, tu sei tanto… di più. Alle volte penso di non meritarti. Cosa ci fai con una come me?».

«Non lo dire nemmeno per scherzo. Incontrarti è stata la cosa più bella che mi potesse mai capitare. Non mi sbagliavo, sei una creatura straordinaria».

Lo baciai con passione scagliandomi tra le sue braccia possenti.

«Ti prego Duccio, se è un sogno non svegliarmi. Ti prego, non farlo».

«Betta, ti assicuro che non stai sognando anzi, credo che sia arrivata l'ora di alzarci. Forza, fannullona, tirati fuori dal letto. Nonostante sia domenica ho un appuntamento importante tra circa un'ora e arriverò in ritardo. Sempre per colpa tua!» mi esortò prendendomi in pieno viso con un cuscino. Risposi con lo stesso gesto e si trasformò in una divertente battaglia. Due ragazzini felici e liberi in una camera di un collegio.

«Hai un cuore da salvare?» gli domandai schivando un altro cuscino volante.

«No. Ora mi occupo solo di proteggere il tuo».

Ero già pronta a colpirlo di nuovo, ma alla sua frase rimasi immobile. Estasiata. Confusa.

«Dài, muoviti» mi redarguì mentre si annodava una cravatta a righe davanti allo specchio appannato.

La penombra aveva invaso la stanza, e mi resi conto che avevamo perfino saltato il pranzo. Quale forza è più potente dell'amore? Già, il vero amore è capace di farti dimenticare ogni cosa, non ti fa più mangiare, dormire, fumare. Forse, un ottimo pretesto per perdere finalmente qualche chilo.

All'uscita dalla locanda rimanemmo abbracciati a lungo. Ora, una parte di vita ci legava più di prima, un filo rosso ci teneva uniti e nessuno lo avrebbe mai spezzato. Nessuno avrebbe potuto separarci. Senza parlare ripartimmo ognuno nella propria auto, portando con noi altre splendide e indimenticabili sensazioni.

13

Decisi di rispondere ai messaggi di mia cugina. Nonostante il modo in cui mi aveva giudicata e trattata, meritava una risposta.

Fui categorica. Potevo gestire la mia vita in assoluta libertà, senza l'aiuto di nessuno.

Sarei stata curiosa di vedere l'espressione di Paola alla lettura del mio messaggio: *"Scusami, ma ho voglia di stare un po' da sola. Mi farò sentire io. Betta"*.

Con mia cugina non avevo mai avuto contrasti, nemmeno quando eravamo ragazzine, e se lei è sempre stata più brava e più bella, non mi ha mai fatto pesare questa differenza.

Ricordo solo un episodio increscioso, o forse divertente, avvenuto per uno stupido vestito. Le nostre misure un po' differenti non ci permettevano di scambiarci gli abiti. Le uniche cose che potevamo dividerci erano la bigiotteria e qualche volta dei cappellini di lana. Si sa, quelli sono facilmente adattabili a qualsiasi circonferenza di testa.

Mi arrabbiai tantissimo, perciò, quando scoprii che Paola aveva sgraffignato dal mio armadio un vestito, ritoccandolo di alcune taglie, per partecipare a una festa sulla spiaggia.

Non so se fu più il dispiacere di quel furto nascosto o l'umiliazione di vedere il mio abito risaltare alla perfezione sulle linee rotonde e morbide di mia cugina. Ogni volta ridiamo a crepapelle ricordando quell'avvenimento.

E quando voglio un favore, rammento a Paola: «Da quella festa sulla spiaggia non ho potuto più indossare il mio bel vestito colorato».

E lei, da copione, mi risponde: «Tu non ti arrendi mai, Betta. Per quanto dovrò ancora subire questo vile ricatto?».

Ora, avvertivo la necessità di essere libera da qualsiasi giudizio, sicura che prima o poi mia cugina avrebbe compreso il forte legame tra me e Duccio.

Al lavoro mi presi due giorni di ferie. Anche se mi spettavano di diritto, alla richiesta la titolare mi guardò con espressione nauseata, quasi volesse dirmi: "D'accordo te li concedo due giorni di ferie, ma quando tornerai te li farò scontare". Forse avrebbe voluto esternare quel pensiero mentre io, invece, non vedevo l'ora di uscire dal quel posto.

Duccio, partito per un congresso, sarebbe stato occupato per due settimane e con mio grande dispiacere non avremmo potuto trascorrere il weekend insieme. In compenso, ci tempestavamo di messaggi ogni cinque minuti. È strano come si possa cambiare di punto in bianco reazione a seconda del soggetto.

Alla terza telefonata di Paola, già sbuffavo, andando in paranoia, con Duccio, invece, contavo i secondi tra un messaggio e l'altro. La frase ricorrente era: *"Mi manchi da morire, torna presto"*.

Nei panni di una fidanzata gelosa, la mia mente già ipotizzava loschi tradimenti.

"Ci saranno colleghe avvenenti al congresso? Sarà partito da solo o in compagnia? Avrà prenotato una camera singola o matrimoniale?".

Rimossi questi patetici e logoranti pensieri. Duccio non assomigliava nemmeno un po' al padre.

Comunque, decisi di distrarmi e fare acquisti in un centro commerciale per la voglia sfrenata di regalarmi qualcosa, anche se tra parrucchiere ed estetista avevo già speso parte del mio stipendio.

Ammirai nelle vetrine alcuni abiti molto carini, ero quasi tentata di entrare e di provarli ma all'istante rinunciai. Ero troppo felice per tollerare il tono finto dispiaciuto della commessa nel comunicarmi la rammaricante notizia che gli abiti non andavano oltre la taglia 42.

E così, i pochi soldi rimasti sul conto li spesi in una profumeria acquistando un rossetto rosa chiaro perlato, una cipria compatta e una crema profumata alla vaniglia per il corpo. Il prezzo esorbitante sulla confezione dell'unguento, di sicuro dai poteri taumaturgici, mi fece sbiancare, e credo fosse ben visibile il mio stupore sul viso.

«Signora, allora? Prende anche la crema?».

«Certo» risposi con aria di sfida.

Per Duccio non avrei mai lesinato e così strisciai soddisfatta la mia tessera bancomat.

"Ora non ho più un centesimo", pensai sorridente.

Ritornare al lavoro dopo due giorni di ferie fu molto pesante. Per fortuna era giovedì, mancava poco di nuovo al weekend. M'illusi di rivedere l'arpia di buon umore, era ancora più scorbutica e scostante. Tremai quando una collega mi disse che tirava aria di licenziamenti. Soprattutto m'infastidì il tono astioso con cui mi comunicò la notizia, quasi a voler sottolineare: "Stai attenta, Elisabetta, tu sei nel mirino". E in verità, aveva ragione. Anche se mi consideravo una brava impiegata, sapevo che in caso di tagli al personale sarei stata la prima della lista. Occupavo quel posto da pochi anni, ero una delle ultime arrivate e purtroppo, ormai acclarato, le affinità fisiche con la titolare non mi avrebbero aiutato a conservare la poltrona.

E così, ogniqualvolta rivolgeva il suo sguardo su di me, le regalavo uno dei miei sorrisi disarmanti a cui non ricevevo naturalmente risposta, ma in guerra e in amore tutto è lecito. Qualsiasi espediente poteva essere opportuno e vitale in quel frangente.

Quel giorno recuperai tutto il lavoro accumulato durante la mia assenza. Le pratiche infinite. Possibile che ci sia tanta gente con la valigia sempre pronta a partire?

Talmente concentrata con gli occhi fissi sullo schermo del computer, non mi accorsi della presenza di una donna in piedi davanti alla scrivania.

Bellissima e magra. Alta più di un metro e settanta, aveva capelli neri, morbidi e lunghi. Indossava un tailleur blu viola con gonna a tubo. Un trucco leggero esaltava la sua carnagione bianchissima ed era avvolta in un profumo fresco e fruttato.

«Posso aiutarla?» le chiesi facendole cenno di accomodarsi.

«Credo proprio di sì».

«Mi dica, si tratta di un viaggio di piacere o di lavoro?».

«Non direi».

«Be', mi dica...» continuai sperando in una conversazione più proficua.

«Lei è Elisabetta?».

Non si era buttata a indovinare. Il mio nome era bene in evidenza sul badge appuntato sulla giacca.

«Sì».

«Non vorrei farle perdere minuti preziosi».

Ecco, finalmente aveva intuito che non ero seduta per passare il tempo a oziare. Oltretutto la titolare aveva già allungato le sue antenne, pronta a captare lo scambio di battute.

«Sono la moglie di Duccio».

Mi paralizzai. Il respiro si fece affannoso, ma cercai di rimanere calma e di far finta di nulla. Mi guardai intorno con la paura che qualcuno, soprattutto l'arpia, potesse intercettare la nostra conversazione.

Continuò con tono risoluto e a tratti sprezzante.

«Mio marito le ha parlato di me? Anche se questo è irrilevante».

«Mi scusi signora, non so cosa voglia, ma la invito a troncare questo imbarazzante dialogo. Io in quest'agenzia ci lavoro e non mi posso permettere il lusso di chiacchierare» risposi con tono freddo e pungente.

«Stia tranquilla, le rubo solo pochi minuti. Le consiglierei di abbandonare qualsiasi progetto con mio marito. Ho saputo della vostra… mi aiuti a definirla… *follia amorosa*? Va bene?».

«Signora, la prego di uscire immediatamente da qui» le intimai agitando alcuni fogli.

«Non si scaldi, vado via subito. Le volevo solo dire che Duccio con quell'aria spavalda da bel tenebroso, è una persona molto insicura e accanto deve avere una donna decisa, forte, con carattere. Siamo stati lontani per un po'. Alcuni problemi, dei quali non sto qui a spiegare, ci hanno separato, ma l'immenso affetto che proviamo l'uno per l'altra, le assicuro, nessuno potrà portarcelo via. Che cosa crede di ottenere con quel suo dolce visetto acqua e sapone? Di accalappiare un uomo come mio marito? Sì, lei dev'essere una grande sognatrice, vive nel mondo delle fiabe. Mi stia a sentire, dimentichi tutto, anzi no, le concedo di ricordare questa focosa avventura per il resto della vita».

«La prego, ora basta, si allontani da me» dissi a denti stretti trattenendo le lacrime.

A quel punto, con un sorriso altero e arrogante si alzò e si diresse verso l'uscita. Percorsi solo pochi passi, tornò indietro e, appoggiando le mani sulla scrivania, si avvicinò al mio viso.

«Sono sincera, forse mio marito prova davvero qualcosa per lei, ma deve capire che non c'è spazio per tre persone. È stato un piacere conoscerla. Arrivederci».

La vidi uscire dall'agenzia.

Come avrei voluto che le mie colleghe si alzassero in piedi e gridassero: *"È tutto uno scherzo!"*.

Ma quale scherzo? Loro non sapevano nemmeno chi fosse quella signora *bella* ed *elegante* che si era scagliata su di me infierendo un colpo dopo l'altro.

E nella mia testa continuavo a ripetere: *"La moglie di Duccio, la moglie di Duccio, la moglie di Duccio"*.

Per fortuna era giunta l'ora della pausa pranzo. Mi precipitai fuori dall'agenzia. Dovevo respirare, mi sentivo stringere la gola e fui sopraffatta da un senso di nausea. Inspirai a pieni polmoni e subito dopo scoppiai in un pianto dirotto. Alcuni passanti mi guardarono incuriositi e una ragazzina, poco più che quindicenne, si avvicinò, mi appoggiò una mano sul braccio e mi chiese se avessi bisogno di aiuto.

La guardai negli occhi e scossi la testa. Lei mi sorrise, strinse delicatamente il mio braccio e poi si allontanò.

"Perché mi ha mentito? È tornato da lei? Non ha avuto nemmeno il coraggio di dirmelo in faccia. E lui che credeva di essere diverso da suo padre. Forse, è anche peggio" questi i pensieri che si affollavano nella mia testa.

Il primo istinto fu di telefonare a mia cugina, ma mi bloccai, non volevo ascoltare la solita espressione:

"Cosa ti avevo detto?".

Mi asciugai le lacrime, sistemai i capelli stringendo l'elastico intorno alla coda di cavallo e rientrai in agenzia. Approfittando degli altri quindici minuti di pausa, seduta alla scrivania, reggendomi la fronte,

lessi incantata la frase scritta su un post-it che
avevo attaccato sotto lo schermo del computer: *"La
felicità esiste davvero"*.

14

Chiusa nel bagno dell'ufficio in preda a una crisi isterica, con la mano che mi tremava digitai il suo numero. Si attivò subito la segreteria telefonica. Riprovai ancora. Il cellulare rimase per qualche istante muto. Ebbi il presentimento che stesse per squillare.

«Ti prego, rispondi, ti prego, maledizione, rispondimi!».

Nulla.

Di nuovo quella terribile voce registrata mi confermava quanto fossi stata ingenua, tanto stupida da illudermi di aver trovato il vero amore. Ancora una volta ero stata buttata via senza alcuna pietà, senza alcuna spiegazione, scaraventata in un fosso di letame con un violento calcio nel sedere. Già, il mio era abbastanza grande da permettere di riuscirci al primo tentativo.

Che vigliacco. Non rispondeva nemmeno al cellulare. Che cosa avrebbe potuto dirmi? Le solite frasi consolatorie meschine e beffarde: "È stato bello finché è durato", "Sei una donna meravigliosa", "Ho vissuto intense emozioni con te ma ho compreso che sei solo un'amica e nulla di più".

Il dolore era acuto, costante, e mi opprimeva il petto. Mi sentivo quasi svenire dalle fitte continue al centro del mio corpo. Aprii il rubinetto per attutire i miei singulti e per tamponare il viso con l'acqua fredda. All'improvviso, una sonora bussata alla porta.

«Solo un attimo» risposi irritata.

Dovevo sbrigarmi, prendere una decisione se lasciare o meno un messaggio in segreteria e dopo alcuni secondi di tentennamento lo feci: *"Duccio dobbiamo parlare. Quando ascolterai questo messaggio richiamami subito"*.

Feci scattare la serratura e uscii dal bagno. Ad attendermi con le braccia conserte e un'espressione spazientita disegnata sul volto, la mia collega che con un gesto maldestro del braccio mi scansò dalla porta. Avevo gli occhi gonfi e arrossati, ma lei non si era accorta di nulla, o forse sì, e non le importava. A nessuno stava a cuore il mio benessere.

Al ritorno, seduta alla mia postazione mi aspettava una signora attempata, minuta, uno scricciolo impaurito. Calzava un cappellino di lana giallo da cui fuoriuscivano candidi capelli bianchi. Le mani incrociate posate sul bordo della scrivania, rugose ma ben curate.

Mi accolse con un sorriso dolce e un leggero rossore sulle guance.

"Ecco, dopo la moglie è la volta della zia di Duccio venuta a decantare le virtù del nipote e ad assicurarmi che l'amore tra me e lui è stato sublime, che avremmo potuto vivere felici per sempre, ma che non ci si può ribellare a un destino avverso e crudele".

Mi scappò una risata, credo invisibile sul viso, solo nella mia mente.

Non era la zia di Duccio, ma una simpatica vecchietta interessata a un viaggio religioso in un luogo di culto. Mi faceva così tenerezza con la sua voce sottile e i suoi modi garbati che avrei voluto stringerla a me e Dio solo sa quanto mi avrebbe fatto piacere in quel momento un abbraccio forte e sincero.

«Signorina, ha gli occhi un po' arrossati, va tutto bene?».

Un angelo caduto dal cielo, e forse lo era. Le risposi di essere raffreddata, e m'impegnai a organizzarle un fine settimana *all inclusive* in un suggestivo luogo sacro e, a dispetto delle direttive dell'arpia, le applicai anche uno sconto straordinario.

All'uscita dall'agenzia accesi il cellulare e sussultai al suono di una notifica. Terrorizzata, lessi il messaggio: *"Vediamoci sabato alla locanda. Duccio"*.

All'arrivo, vidi subito la sua macchina. Scesi dall'auto e mi guardai intorno. Non sembrava nemmeno più lo stesso posto, l'ambiente mi appariva estraneo e oscuro. Avevo davanti agli occhi una sinistra casa degli orrori e il solo pensiero di entrarci m'incuteva uno strano turbamento. Il cuore batteva a mille, ma questa volta erano battiti di paura. La paura di conoscere un'agghiacciante verità.

All'ingresso, il viso scarno e i capelli arruffati della proprietaria mi confermarono di essere entrata in quel luogo raccapricciante immaginato dalla mia fantasia.

Mi guardò con aria inquisitoria, severa, come se mi vedesse per la prima volta e mi spaventai anch'io nel provare quella sensazione.

Le rivolsi appena un fuggevole sguardo e salii la rampa di scale.

Arrivai alla sua porta, notai che era socchiusa. Non bussai, ma entrai in punta di piedi. Lo vidi seduto sul bordo del letto.

Di nuovo le stesse e terribili percezioni. Quella persona non era il mio Duccio. Seduto sul letto, sul *nostro* letto, un uomo che non gli somigliava nemmeno lontanamente. Impacciato e confuso. Aveva la testa china di chi ha commesso un grave reato e sa di non poter patteggiare, ma aspetta con desolata rassegnazione l'amaro verdetto.

Mi guardò con occhi tristi e spauriti e io non sapevo se lasciarmi impietosire dalla sua disarmante tenerezza oppure rimanere indifferente, senza far trapelare alcun tipo di emozione.

Abbozzò un sorriso e mi fece accomodare accanto a lui.

Poggiò la sua mano sulla mia che io ritrassi di scatto. Non volevo alcun contatto con lui anche se quel leggero sfioramento mi suscitò un forte brivido.

Seguirono minuti infiniti di silenzio. Un'atmosfera cupa e pesante aleggiava nella camera che mi apparve nella sua spaventosa realtà: grigia, sporca, abbandonata.

Poi, un lieve sussurro strozzato.

«Elisabetta, non so da dove iniziare».

"La solita frase di apertura per prendere tempo" pensai.

Si schiarì la voce e continuò.

«Ho saputo che mia moglie è venuta in agenzia e mi dispiace per quello che ti ha potuto dire. Ti avrà ferito con le sue sprezzanti parole e ti assicuro, non avrei mai voluto che accadesse. Non lo meriti».

Tutti nella mia vita a dirmi "Non lo meriti" e tutti a infierire sciabolate come sport preferito. Poteva impedire a sua moglie di recitare in agenzia quella pietosa farsa, invece non aveva avuto il coraggio di fermarla.

«Mi ha detto la sua verità. E la tua qual è?» gli risposi mantenendo rigida l'espressione del mio viso.

«Betta… Elisabetta…».

Si corresse prontamente. Si sa, negli addii e nelle confessioni è meglio evitare vezzeggiativi o diminutivi.

«Non puoi immaginare quanto sia difficile. In questi giorni ho pensato moltissimo e ho creduto di impazzire. Tu sei la persona più bella che io abbia mai conosciuto, mi hai suscitato passioni e sensazioni così forti da stravolgermi. Le ore vissute accanto a te sono state meravigliose».

Quanto avrei voluto tappargli la bocca, risparmiarmi quello stillicidio almeno per una volta, ma la curiosità di conoscere con quale stravagante artificio Duccio mi avrebbe scaricato prese il sopravvento.

Tentò di nuovo di prendermi la mano e a quel punto, infastidita, mi alzai dal letto.

«Non so spiegarti, è avvenuto tutto così velocemente. Ci siamo incontrati alcuni giorni fa e abbiamo preso un caffè seduti al tavolino di un bar raccontandoci un po' di noi. Le ho parlato di te, le ho detto di aver conosciuto una persona adorabile e che per la prima volta, dopo tanti anni, ho provato sensazioni che credevo ormai sepolte. Sì, tu sei riuscita, in pochi giorni, con la tua dolcezza a farle riaffiorare».

Seduta sulla sedia di paglia, ascoltavo un monologo devastante, speravo che almeno si svolgesse in un unico atto.

«Poi, a un tratto ho compreso. Non posso buttare via dieci anni di vita. Ho condiviso gioie, dolori, preoccupazioni, mi sono svegliato accanto a lei ogni giorno, le ho promesso amore e fedeltà e ora, devo concederle un'altra possibilità ma ti assicuro che io…».

«No. Ti prego, basta. Basta. Che cosa dovrei fare adesso? Piangere, urlare, stringerti, picchiarti… dimmi tu. Tanto qualsiasi mia azione non servirebbe a nulla. Ti potrei dire che sei un uomo sottomesso a una donna autoritaria e prepotente che non fa altro che manovrarti a suo piacimento. Ti prende, ti lascia, poi ti riprende e…».

Lasciai in sospeso, poi continuai.

«Invece, penso che tu sia buono, troppo buono e, scusami la battuta banale, con un grande cuore. Avresti mai creduto di trovarti in una situazione così complicata? Forse, no. Ma hai preso la tua decisione: tornare da tua moglie. E io posso solo accettarlo. Quando siamo costretti a scegliere, inevitabilmente, c'è sempre un'altra persona che soffre e, per pura casualità, anche stavolta, è toccato a me.

«Perdonami Elisabetta».

I suoi occhi erano pieni di lacrime e come un bambino redarguito dalla mamma si strinse nelle spalle.

«È terribile perderti, Duccio. Ma di una cosa sono sicura... sarebbe stato più doloroso, credimi, se quel giorno, a quel distributore fatiscente, non ti avessi mai incontrato».

«Elisabetta...».

«Addio, Duccio».

Aprii la porta, scesi di corsa i gradini sotto lo sguardo allibito della proprietaria, mi precipitai alla macchina e partii affondando il piede sull'acceleratore.

Ancora una volta mi rifugiai nelle braccia di mia cugina.

Dopo il racconto, durante il quale non omisi alcun particolare, neanche i momenti più intimi della relazione, scese su di noi un cupo silenzio.

Con le teste chine sulle tazze fumanti di tè, il silenzio era frammentato solo dai nostri sospiri seguiti da sguardi imbarazzati e furtivi.

Mentre sorseggiavo il mio infuso al gelsomino, con la coda dell'occhio vedevo uno strano tentennamento della testa di Paola. Conoscendola stava ripassando nella sua mente il discorso tenuto dentro per troppo tempo e che ora, avrebbe potuto declamare in grande stile.

Misi fine a questo penoso, sterile mutismo e posando la tazza sul tavolino la guardai dritta negli occhi.

«Lo so, Paola, non mi vuoi ferire, ma preferisco che tu mi dica tutto. E stai tranquilla, non mi farai altro male».

Respirò con calma e appoggiando anche lei la tazza cominciò la sua arringa.

«Ti ho sempre considerata una pazza Betta e, scusami, ma avevo ragione. Ti sei buttata a capofitto in una relazione con uno sconosciuto. Una persona sana di mente non avrebbe mai preso in considerazione questa ipotesi. E invece tu ti sei abbandonata senza pensare a tutti i rischi a cui potevi andare incontro».

«Perché deve essere tutto un calcolo matematico? Non si può incontrare una persona per caso, innamorarsi e perdere completamente il senso della ragione?» le risposi con un nodo alla gola.

Eccolo, di nuovo quel dondolio della testa che adesso cominciava a procurarmi una certa irritazione.

«Betta, la volta scorsa ti ho detto alcune cose di cui mi vergogno e ti chiedo scusa. Non dovevo intromettermi nelle tue faccende personali, ma cosa vuoi che ti dica, ti considero forse più una figlia che una cugina e vorrei proteggerti, consigliarti, starti vicino proprio come una mamma. E quando hai deciso di allontanarmi, di non parlarmi, sono stata malissimo. Ma alcuni giorni dopo, forse con la mente più lucida, ho compreso. Sei tu, soltanto tu a decidere della tua vita, io posso esserne solo spettatrice, e quando vorrai sarò sempre al tuo fianco».

«Paola, tu questa puoi definirla vita? Ti rendi conto? Mi sono ridotta uno straccio, e per chi poi? Per un uomo che credevo mi amasse e invece si è dimostrato il più bugiardo di tutti».

Al pensiero di Duccio non trattenni le lacrime. Subito Paola, mi porse un fazzoletto di carta.

«Ascoltami, non so se io ho calcolato tutto, ma se l'ho fatto sono stata fortunata. Ho un marito adorabile, due bambini meravigliosi e una casa. Sono felice, non mi manca nulla, non potevo desiderare di più. Eppure, ammetto di averti invidiata».

A quell'ultima frase, decisamente folle e insensata, strabuzzai gli occhi.

«Sì, è così. La tua storia con Duccio, anche se pazza e stravagante, mi ha fatto comprendere che ogni tanto bisogna rischiare per essere felici. Tu hai saputo metterti in gioco. Stai soffrendo, è vero, ma dentro di te ricorderai emozioni che nessuno potrà mai cancellare».

«Quindi mi dovrei accontentare solo di queste poche briciole? Ti prego Paola, non puoi capire quanto vorrei dare un senso a tutto questo, ma proprio non ci riesco».

Paola mi prese la testa tra le mani, il suo volto a pochi centimetri dal mio, inalavo il suo profumo dalle note speziate.

«Betta, guardami, ti prego. So che mi hai sempre considerata una bacchettona, inflessibile, severa, ma credimi, il tuo momento felice arriverà. Sono sicura che presto giungerà, e questa volta ti dico di afferrarlo al volo e di non pensare a nulla, né agli

sguardi di riprovazione, né alle battute infelici e offensive e soprattutto di non dar retta ai rimbrotti di una cugina rompiscatole. E sono certa che scoprirai la tua vera felicità».
Ci abbracciammo strette, mentre le mie lacrime bagnavano il mio viso e la camicetta di seta di Paola.

Tre mesi dopo

Nulla era in grado di sopire i miei tormenti. Un dolore insopportabile scavava imperterrito dentro di me. Tentavo di scacciare qualsiasi ricordo, ma vedevo Duccio ovunque: nello sguardo o nel piccolo gesto di un cliente, perfino in alcuni atteggiamenti dell'arpia. E a quel punto capii di essermi avvicinata troppo al ciglio di un burrone nel quale una leggera folata di vento avrebbe potuto farmi precipitare.

In agenzia m'immergevo nel lavoro senza staccare gli occhi dal computer e mi alzavo dalla sedia solo per andare in bagno.

Per fortuna, i tagli al personale erano rientrati e tutte tirammo un sospiro, soprattutto io che già mi vedevo in giro a consegnare, depressa e scoraggiata, il mio curriculum nell'attesa di una telefonata che forse non sarebbe mai arrivata. Ero riuscita a conservare il mio lavoro che in quei mesi rappresentava una grande salvezza.

«Elisabetta, ci risiamo. Sembra che tu lo faccia di proposito. Vorrei farti notare che siamo un'agenzia di viaggio non un ufficio postale».

«Mi scusi, non capisco a cosa si stia riferendo» risposi alla mia titolare, stanca di quelle continue lagnanze.

«Non capisci? Allora mi spiego meglio: ti sarei grata se potessi far recapitare la posta privata a casa tua».

Odiosa e petulante. Ma cosa voleva da me? Aveva la luna storta? O tutti i pianeti contro... come sempre.

«Non devo ricevere nulla, il corriere si sarà sbagliato» dissi a denti stretti.

«Be', l'intestazione è a tuo nome, quindi presumo sia per te. Ricordati la prossima volta». E nel pronunciare quest'ultima frase scaraventò un pacco sulla mia scrivania.

Rimasi sorpresa. Piuttosto pesante, senza mittente, ma con il mio nome scritto a caratteri cubitali.

Dopo averlo esaminato sotto lo sguardo vigile e ancora imbestialito dell'arpia, lo scartai.

Eliminai l'involucro di cartone, notai che era imballato accuratamente nel pluriball e impiegai un bel po' per rimuovere i giri di nastro adesivo che lo avvolgevano.

Quando il contenuto mi apparve smisi di respirare.

Il mio quadro. Il mio "Monet". La crosta appesa nella stanza della pensione.

Lo fissai per alcuni minuti e fui investita da un'ondata di ricordi. Il mio corpo non smetteva di tremare.

Ancora scossa, lo girai, e sul retro vi era una frase scritta con un pennarello nero: *"Il suo posto è dove tu sai. Vorrei contemplarlo per respirare il suo profumo con te. Se vuoi, oggi alle diciotto"*.

Bussai alla porta. Mi aprì. Mi sorrise e tentò di parlare. Gli misi una mano sulla bocca. Mi guardò disorientato.
Presi il quadro e lo appesi alla parete.
Ci fissammo negli occhi.
«Betta, ho sbagliato tutto…».
«No, non parlare. C'è il quadro e ci siamo noi. Dimmi solo che è arrivato il momento».
«Quale momento?».
«… di essere felici»

Federico Toro

*Lingue straniere, teatro e scrittura. Si potrebbe riassumere
così la mia vita. La voglia di viaggiare mi spinge
a conoscere altre lingue e culture, ma il teatro e la scrittura
mi permettono, invece, di dare sfogo alla mia creatività.
Dopo la laurea in Lingue e letterature straniere conseguita
nel 1994 all'Università di Salerno mi trasferisco a Roma
e per molti anni mi dedico al teatro. Contemporaneamente
scrivo.*

*I miei racconti pubblicati hanno il sapore di vita quotidiana,
di sentimenti e desideri ed esplorano il mondo femminile.
Le protagoniste delle mie storie sono donne comuni alla
disperata ricerca del vero amore. Donne che affrontano
la vita senza paura, senza alcuna rete di protezione e che
amano, forse, anche quando non dovrebbero.*

*Dal 2013 collaboro alla rivista "Confidenze" (Mondadori)
con storie vere e articoli di attualità. Per saperne di più:
www.federicotoro.it*

Ti è piaciuto questo libro? Lascia il tuo commento sulla nostra pagina Facebook (readingwithlove.official) e su Amazon!